TAKE
SHOBO

数学女子が転生したら、次期公爵に愛され過ぎてピンチです！

葛餅

Illustration
壱コトコ

MOON DROPS

数学女子が転生したら、
次期公爵に愛され過ぎてピンチです!

Contents

プロローグ……4
第一章　マグノリア公爵家に拾われる……9
第二章　マリア八歳、マグノリア公爵家での日々……30
第三章　マリアの誓いの夜……48
第四章　マリア十一、前世は二十歳……69
第五章　マリア、一人の夜……95
第六章　マリア、逃げる……116
第七章　マリア、入試の年……150
第八章　ヒロインと出会う……173
第九章　揺れる……194
第十章　彼の人は暴走する……229
第十一章　お仕置き、再び……257
第十二章　周知の事実……271
第十三章　そして豊穣祭……282
エピローグ　二人の後夜祭……300
あとがき……310

プロローグ

彼の名はレオンハルト・マグノリア。この国の貴族の最高位にある公爵家の嫡男。

容姿端麗、博識多才、武術の腕も一級品。次期公爵であることをひけらかさず、謙虚で優しい。乙女たちが恋してやまない高嶺の花。

銀灰色で艶やかな髪は短く切られ、上背は高い。少し垂れ目な紫水晶のような瞳に見つめられると、誰もがほうっと息をつく。

それがレオンハルトだった。

その筈だった。

……前世の乙女ゲーの設定では。


「マリア、好きだ。大好き。愛してる。絶対、一生離さない。——たとえ、マリアが僕のこと好きじゃなくても、マリアは僕のものだ」

苦しいくらいぎゅっと抱きしめられて、レオンが私の耳元で囁《ささや》く。

「僕の傍を離れるなんて許さない。ドロドロに甘やかして、愛して、愛して、僕なしじゃいられない体にする」

ん？

「そうだ、それがいい。ずっとここにいればいい。他の男になんか見せたくないし、学院なんてもう行かなくていい」

腕の拘束がゆるみ、レオンを見上げる。熱っぽく潤んだ瞳と目が合い、凄まじい色気にあてられた。その瞳はとても危険な色をはらんでいて――本能的に腰が引けた。

「もう逃げられないよ」

一歩また一歩と迫られ、後退していくと脚がベッドに当たった。両肩を押され、ベッドに背中から倒れ込む。レオンは浮いた足を抱えるとすばやく靴を脱がせ、そのままベッドにのせた。すぐさま覆いかぶさると、両の掌《てのひら》を押さえつけ、体の上に跨《また》がっている。

「レオン様、私は何も持っていません」

「マリアがいてくれたらいい」

「あなたに相応《ふさわ》しくない」

「そろそろもう敬語やめてよ」

「わたしは――」

「まだ、何も分かってない」

レオンは身をかがめ、首筋に吸い付いてきた。吸い付きながら舌で舐め上げられ、鳥肌が立つ。

両手と下半身を抑えつけられて身動きが取れない。

「れっ、レオン様、ちょっと待っ」

「待てない」

レオンが左手を外し、私の胸を揉んだ。躊躇《ちゅうちょ》なく。音を立てながら首筋を吸い上げて、起こした顔は満足げだ。

「どれほど愛したらマリアは分かってくれる？」

レオンは私の額に、瞼に、頬に口付けを落としていった。そして唇を何度も啄《ついば》むと、そっと舌を侵入させた。さっきとは違い、口の中を優しく蹂躙《じゅうりん》され、頭がぼうっとなっていく。知らず、熱い息がこぼれた。

いつの間にかブラウスの釦《ぼたん》が外され、左右に広げられると、再度私の両手は押さえつけられた。ブラウスの下に着けている柔らかいコルセットが丸見えになる。

「えっ？」

「――僕の子どもを孕《はら》んだら、ようやく分かるかな」

レオンがごくりと唾をのんだ。その様子に――警鐘が鳴る。

これは、貞操の危機……。

胸を押し上げるようにおへその辺りから編み上げているコルセットの紐を、レオンがどんどん外していき、乳房が勢いよくこぼれ出た。レオンは右手で乳房に触れ、弾力を確かめるように揉み始める。羞恥《しゅうち》に顔から火が噴き出そうだ。

「いつの間にこんなに発育したの？」

もう片方の乳房をぺろりと舐められる。初めてのその感覚に、体がびくんと反応してしまう。

――私はモブキャラなのに。

——そもそも、ここは全年齢対象の乙女ゲーの世界なのに！

第一章　マグノリア公爵家に拾われる

──遡《さかのぼ》ること八年前の春。

当時十歳だったレオンは、母である公爵夫人と四つ下の弟、お付きの侍女、従僕達と馬車に乗っていた。公爵夫人の生家に滞在後の帰路だった。

レオンは母に頼んで御者台に座らせてもらっていた。馬車は牧歌的な草原を抜け、舗装されていない土の道を走っていく。そのときレオンは、前方に小さな子どもが倒れているのを見つけた。

「止めて！　女の子が倒れてる！」

御者に命じたレオンはすぐさま駆け下りた。馬車の中にいる公爵夫人が何事かと侍女に尋ね、従僕には息子を追うようにと指示を出した。

道の傍《かたわ》らに横になって倒れていたのは短い黒髪の少女だった。上下が別々に分かれている、この辺りでは見かけない服装をしている。スカート丈は短く膝が見えており、満足に布が買えないほど貧しいのか、とレオンは思ったが、目を閉じているその頬を見るとふっくらとしており健康そうだ。靴は履いていなかったが、足裏の皮膚は柔らかそうで、日常的に靴を履いていることが見て取れた。

少女の様子を確かめるため屈みこもうとすると、追いついた従僕に止められた。

「レオン様おやめ下さい。怪しい者かもしれません」

「この子は大丈夫だよ」

確証はないが、レオンの直感はそう告げていた。従僕の制止を無視して屈みこむ。少女の規則正しい呼吸音を確認し、安堵《あんど》する。

「ねえ、きみ、起きて。こんなところで倒れていると危ないよ」

レオンが軽く少女の肩を揺するも起きる気配がない。従僕達と顔を見合わせ、もう一度揺する。

「ねえ、起き……気が付いた？」

少女がうっすらと目を開けた。この国においては珍しい漆黒の瞳が、ぼんやりと宙をさまよう。

レオンはその瞳に吸い込まれそうな気がした。

「大丈夫？」

屈みこんだレオンと目が合った少女は、弾かれたように起き上がった。そしてきょろきょろと見回し、今にもパニックに陥りそうな怯えた表情をした。

「僕らは遠出の帰りで、きみはここで倒れていたんだ。見たところ怪我もなさそうだし……誰かとはぐれたの？」

少女はレオンを見、従僕達を見、その向こうにある二頭立ての馬車を見た。思考が追い付かないのか口をパクパクさせる。

「……僕が言ってること、分かる？」

「分か、る、と思う」

少女はたどたどしく喋った。小さいが、透き通るような声だった。

妙な言い方をしている、とレオンは思った。

「お家はどこ？　送るよ」

「家、は……あった、のかな」

その少女の様子を見て、レオンはもしやと思った。

「きみの名前は？」

「わ、分からない……」

レオンが確信を得る一方、従僕達は「嘘だろう」「新しい取り入り方法ではないか」と話し始める。

少女の目が泣きそうに歪んでいく。

「彼女は嘘は言ってないよ」

「いやしかしレオン様」

「彼女の足の裏を見た？　ここは土の道なのに、全く汚れずにきれいだ。状況的におかしい。服の形も僕が知ってるものと違うけれど、良い生地だよ。肌も髪も手入れされている。彼女は裕福な環境で暮らしていたに違いないよ。だから僕に取り入る必要なんてないんだ」

従僕達は押し黙った。

どうしてこの少女がこんな状態でここにいるのかは分からない。けれどレオンにとっては、時間が経つにつれ怯えていく彼女を安心させることが最優先だった。

「ねえ、きみさえ良ければ僕の屋敷においでよ」

少女はきょとんとした。その言葉に驚き、焦り始めたのは周りの従僕達だ。

「母上もそう思われるでしょう？」

従僕達が驚いてさっと振り返ると、馬車から降りて近づいていた公爵夫人レオノアがそこにいた。気配を殺して近づいていたレオノアは、レオンに気付かれていたことに少しだけ驚いて見せた。そしてにっこりと微笑む。

「そうねえ、可愛い女の子は好きよ」

「なら決まりですね。ねえきみ、どう？　帰る場所も分からないなら、僕の屋敷をきみの帰る場所にすればいいと思う」

少女は事の成り行きに呆然としていた。

「いいの……？」

「いいよ！　僕の屋敷って言っても正確には父上の屋敷だけどね。きみが自分は何者か思い出すまで、僕が守ってあげる」

「まもる……」

少女は呆けた顔で、差し出されたレオンの手を取った。少女が立ち上がろうとした時、レオンはそれを止めた。

「このままじゃ足が汚れちゃうね。僕の背中に乗りなよ」

有無を言わさず、レオンは少女に背を向けて屈んだ。周りの従僕達が「そのようなこと、私どもがやります」と慌てたが、レオノアが息子の好きにさせるようにと彼らを止めた。

少女はおずおずとレオンの背に乗り、首元へ腕を巻き付ける。レオンがやや強引に少女の脚を引き寄せ、おぶって立った。

従僕達は困惑していたが、レオンはそのまま少女を運び、馬車へ乗り込ませた。馬車の中では、少女の隣にレオンが座り、向かいにレオノアと弟が座った。馬車の中で待っていた弟のヴィクターは、兄と共に乗り込んできた少女に戸惑ったが、レオノアが「今日からお家の一員になる女の子です」と言うと納得したように頷いた。

ゆっくりと馬車が走り出す。

「名前が分からないのなら、仮の名前がいりますね」

レオノアがおっとりと言う。

「僕がつけてもいいですか？」

「彼女がいいのなら」

レオンは少女と目を合わせ、目線で問うた。少女はこっくりと頷いた。

「マリアはどうかな？　僕の好きなお話に出てくる名前なんだ」

「マリア……」

少女は一言呟《つぶや》いたあと、花が綻《ほころ》んだように微笑んだ。

「気に入ってくれた？」

「うん」

レオンは屋敷に着くまでずっとマリアの手を握っていた。

このとき握ってくれていたレオンの手を、マリアはずっと覚えている。

――これは、私がレオンに救われた時の話。

マリアと名付けられた私が屋敷に連れられた後、レオンやレオノア様の指示で三人の侍女さんがやって来た。彼女達に別室へ連れていかれ、瞬く間に服を剝ぎ取られた。抗議する余地もなく、体のすみずみを調べられる。肌の状態から脈拍、心音、眼球、口内……。

「特に外傷はありませんわ」
「体調も問題ないと思いますわ」
「とてもきれいな肌ね」
「瞳も真っ黒。珍しいわあ」
「何歳ぐらいかしら？」
「将来化けそうねえ」

どうやら健康状態を確認してくれたらしい。三人ともきれいな娘さんだった。

「さて、マリアちゃんはどんな服が好きかしら？」

そこは現在使用されていない衣装を保管している部屋だった。侍女の一人が、子ども一人ぐらい入りそうな木箱を発掘、蓋を開けると子ども用の服がわんさか収められていた。今は嫁いだ公爵の妹さんが着ていたものらしい。

「ちょっと古いけどやっぱ素敵ねー」

「この白いのいいんじゃない？」

「やっぱりピンクよピンク」

「若草色なんてどうよ。この子の顔に映えるでしょ」

侍女さん達が楽しそうに服を吟味している間、取り残される私。そろそろ肌寒いのでなんでもいいから着せて欲しいと思った時、私はどれが好きか聞かれたので一番フリルの少ない若草色のワンピースにしてもらった。

何重にもなったペチコートを履いてからワンピースをかぶるので、裾がふんわりとして可愛らしい。白と若草色を基調としていて、ところどころ子供らしいフリルが飾られたワンピース。あくまで普段着だが、値が張る代物だとのちに知る。

侍女さん達に髪を梳かされ、仕上げに白いレース生地が張られたカチューシャを装着。彼女達は出来栄えに満足したようで、にっこりと笑った。

「では行きますよー」

背中に一本の三つ編みを流している侍女さんと手を繋ぎ、残る二人の侍女さんは部屋に残った。

「着られそうなもの出しちゃいましょ」「修繕して、ちょっと手を加えない？」「いいわね楽しそう」

「ちっちゃい子の服って可愛いわよね〜」と楽しそうである。

「自己紹介していなかったね。私はアンっていうの。マリアちゃん、記憶がないんだって？」

「うん……」

「そっかー」

アンさんは何と言葉を続けようか迷っているようだった。そのことが申し訳なく感じて、繋いだ手をぎゅっと握った。

「んーとね、このお屋敷は良いところだよ！　私はここに来て二年くらいかなあ。公爵家の皆様はとっても優しいいし、お給料も待遇も良いし、ほんとここに採用してもらって良かったって思うのよ。だからマリアちゃんもきっと大丈夫だよ」

「そうなんだ」

「これから行くところはね、旦那様の書斎だよ。奥様と坊ちゃまが事前に説明してると思う。あ、そんなに緊張しなくて大丈夫だから。優しい人だよ。ちょっと変わってるかもしれないけど」

「あの……こうしゃくって、なあに？」

私が尋ねると、アンさんはハッとした。

「そうか、そこからか！」

アンさんに手を引かれて、きれいに磨かれたフローリングの廊下を歩いていく。階段を上り、また廊下を歩き、どこをどう歩いてきたのかすでに分からない。

歩きながら、アンさんに簡単な説明を受けた。この国には王様っていう一番偉い人がいて、その周りにも偉い人達がいる。そして公爵というのは、偉い人達の中でもかなり高い地位を持っているのだそうだ。

「とても偉いんだね」

「そう、特別に偉いの！　でもね、そこには義務や責任もあるから大変かな。旦那様はそういうお仕事をされてるの」

「そうなの……」

「まあ、そのへんはおいおい勉強することになるだろうね。じゃあ会いますか、公爵様に！」

いつの間にか書斎に着いていたらしい。アンさんがその重厚な扉を四度ノックし、「連れて参りました」と声をかけると、扉の向こうから声がかかった。

「入っておいで」

「失礼します」

扉の向こうには、立派なマホガニー木材で作られた机が見えた。その手前に立っている紳士が公爵様だろう。近くにレオノア様とレオンがいる。

「きみが倒れていた子どもかい？」

公爵様の声はあたたかかった。背は見上げるほど高く、髪は金色。瞳は澄んだ青色で、優しくこちらを見ている。柔和な雰囲気なのに、妙に貫禄があった。

私は、自分の話し方ではいけない気がして口がきけず、黙って頷くだけだった。

「そうかあ。僕は現マグノリア公爵をしているブラッドだよ。そこのレオンの父親だね。きみの話は聞いたけど……きみさえよければ我が家で預かるよ。不安なことだらけだろうけど、ここには沢山の人もいるし、何よりレオンがきみの面倒を見る気みたいだから」

紳士は私に安心させるように笑いかけ、レオンに意味ありげな視線を送った。レオンは明後日《あさって》の方向を向いた。

紳士が私に近づいてきて、目線を合わせるように屈むと、優しく頭を撫《な》でた。

「ここに、いても、いい……？」

「ようこそ、マグノリア公爵邸へ。マリア」

驚くほどトントン拍子に事が進む。目が覚めてから不安と混乱だらけだった私がようやくほっとした瞬間だった。

「ありがとう、こうしゃく、さま」

アンさんがそう呼んでいたので真似をした。すると公爵様がデレっと笑みを崩し、頭をわしゃわしゃと撫でられた。

「うわ〜やっぱり女の子は可愛いなぁ〜可愛いなぁ〜」

「父上、やめて頂けませんか」

レオンが私のすぐ傍に来て、暴走しそうになった公爵様を止める。そして私の右手を引いて、扉へUターン。

「えっ、あ、あの」

「今日は僕の部屋でもいいでしょう？　部屋のことや学校のことは、よろしくお願いします」

公爵様はあっけにとられたようで、レオノア様はニヤニヤと笑っていた。

「そうね、後のことはこちらで決めておくわ。今日はあなたに任せますよ、レオン」

「はい、母上」

私はレオンに手を引かれながら、後ろを振り向いてぺこりと頭を下げた。アンさんが笑いながら手を振ってくれていた。

黙々と歩いていくレオンについていく。そこでふと、公爵様の息子ということはレオンも偉い人なのでは……とようやく考える。思えば他の人達のレオンに対する態度も違っていた。

「レオン……さま？」

レオンが急に立ち止まった。私を振り向いて、手を繋いでいない方の手も握られる。両手にぎゅっと力を込め、私と目線を合わせた。

「僕のことはレオンって呼んで」

「え、でも」

「お願い。……それに、僕は」

レオンの顔が陰り、その先の言葉を言い淀んだので、私は焦った。

「わ、分かった！　レオンって呼ぶ」

私はレオンの手をぎゅっと握り返した。レオンは「うん」と頷く。先程の暗い表情は霧散した。

「疲れてるなら休む？　それとも屋敷を案内しようか。これから住む場所には早く慣れたほうがいいよね」

疲れてはいなかったため、屋敷を案内してもらうことにした。まず、玄関ホール。そこから続く、お客様をもてなす広間や応接室、そして大広間。東側にはキッチンや食堂室に居間、そして図書室まで。西側にはこの屋敷に仕えている人達の部屋と専用の浴室、洗濯室や厨房があるそうだ。

一階だけでもとても広かった。一度ではとても覚えられそうにない。中でも無数の本に囲まれた図書室は見事で、個人宅の持ち物とは思えないほど大きく立派だった。ずらりと並んだ本を目にした時、果たして字は読めるのだろうかと不安になった。レオンや皆と話していることさえ違和感を覚えていたのだ。言葉がしっくりこない感じで、気持ちが悪い。

いや、言葉だけじゃない。自分の体を動かすことすらどこか不思議な感覚だった。

続いて二階を案内された。二階の東側は、書斎や公爵様とエレノア様の寝室、執務室、レオンの個室や浴室等があった。西側には他の個室やサンルームがある。

足を踏み入れてすぐ、私はこのサンルームが気に入った。

「気に入ってくれた？」

「うん、とても！　なんだかすごく好き」

「夜、月がよく見えるんだよ」

レオンはそう言って、広々としたバルコニーに繋がる扉を開けた。おいで、と手招きされる。この部屋の天井は高く、サンルームとあって上部のガラス窓は外へせりだしている。ここから見る月はさぞきれいなのだろう。

そんな想像をしながら、レオンのいるバルコニーへ出た。視界いっぱいに青空が広がり、爽やかな風が髪を揺らす。

バルコニーの手すりは高く、背伸びをするとようやく頭が出るくらいだった。そこから見えるのは、美しい緑の庭園だ。真ん中に噴水があり、そこから左右対称に幾何学模様を成している。模様を成す緑の間はラベンダーで埋められていた。

「すごい」

「屋敷の正面だからね。裏には薔薇《ばら》園やハーブ園もあるよ。今度一緒に行こう。庭師のダンも紹介する」

「うん」

「マリア」

レオンの声が急に真剣味を帯びたので、私は彼に向き直った。握手をするように右手を取られ、レオンはこう言った。

「きみは、多分今も混乱していると思う。よく分からないまま我が家に連れてこられ、名前も与えられて、もしかしたら僕の気まぐれに巻き込まれたと思ってるのかもしれない」

否定することも肯定することも出来ず、私は少しだけ首を傾げてレオンの言葉の続きを待った。

「でもね、これだけは覚えてて欲しい。僕がきみの手を引いて家に連れてきたのは、気まぐれでもなんでもなくて、そうしなくちゃいけないと思ったんだ。僕は、きみを、待っていた。自分でもよく分からないけど……そう思えるんだ」

「私を待っていた？」

「そう。きみと、初めて目が合った時、そう思った」

「そう……」

レオンはじっと私の言葉を待っていた。正直、レオンの言うことはよく分からなかったが、何故だか私のことを大事にしてくれるのだという意思は感じた。それで十分だった。

「レオンの言っていることが、多分ちゃんとは分かってないけれど、気持ちは分かったと思う。ありがとう」

「うん、今はそれでいいや」

レオンがほっとした笑みを浮かべたのを見て、私もほっとした。

サンルームを出てから、手を繋いでレオンの部屋へと向かった。

レオンの部屋は広く、床は重厚な板張りだった。備え付けの大きな書棚と、日が差し込む窓側に大きい机がある。部屋の半分には絨毯《じゅうたん》が敷かれ、大人が三人は眠れそうな大きなベッドが鎮座している。

「ここが僕の部屋だよ」

「すごく広いね」

「うん。僕が大人になっていくにつれて、色々と物が増えていくからだって」

レオンは私を日当たりの良い絨毯の上へ連れていった。

「絨毯の上に乗る時は靴を脱いでね」

「へぇえ」

「あっこれ僕の部屋でだけのルールだから。よそではやっちゃ駄目だよ」

「覚えておく」

靴を脱いだ足に柔らかな絨毯の感触が伝わる。

「気持ちいいね」

「でしょ。ちょっと座ってて」

レオンはそう言うと、書棚から一つの本を持ってきた。大きめの本で表紙には色々なものの絵が描いてある。ページをめくると、果物や動物の絵が描かれた下に、黒い模様のような線がある。多分これは……。

「字、読めそう？」

私はふるふると首を振った。見たことがあるという覚えすらなかった。

字が読めないのだと痛感した。

とりあえず言葉を喋ることも聞き取ることも出来るが、その全てがフィルターを通しているようでおぼろげだ。体の動きもぎくしゃくしている感じがする。

私は一体どうなっているのだろう——考えれば考えるほど不安になり、暗闇に落ちそうだった心を、レオンの声が引き戻した。

「じゃあ、これから覚えよう！」

「え？」

「僕も今は屋敷で勉強してるんだ。だから一緒に勉強しよ？」

「い、いいのかな？」

「多分、母上達も今頃そんな話をしているんじゃないかな」

そうして、夕食の時間を知らせにアンさんが来るまで、書棚の隅にあったレオンの昔の教材を使い、字を教えてもらった。レオンは一つ一つ丁寧に、何度も繰り返し教えてくれた。

その日は特別に、私も公爵家の方々と同じテーブルについて食事をすることになったらしい。アンさんには「緊張しなくていいからね」と言われたが、しない訳がない。

食堂室に着くとブラッド様やレオノア様はすでに席についており、グラスで乾杯をしていた。白いクロスがかけられた大きなテーブルに、高そうな布張りの椅子。弟のヴィクター様の向かいの席にレオン、その隣に私が座った。

ブラッド様が合図をして、次々と料理が運ばれてくる。グリーンピースのスープとサラダ、ハーブやオリーブを練り込んだ二種類のパン、野菜を添えたローストビーフとプディング、チーズに季節のフルーツ盛り合わせ、デザートの木苺のタルト。

舌が贅沢だと訴えている。とても美味しかった。

「それでね、マリア。今後のことなんだけど」

ブラッド様が提案してくれたことは、これからの私の生活についてだった。

私の年頃の子どもは初級学校に通っているらしいが、記憶喪失で混乱しているだろうから、まず生活に慣れるほうがいいだろう、と。落ち着くまではこの屋敷で好きに過ごしたらいいし、レオンの家庭教師に勉強をみてもらうのもいいのではないか。その後についてはまたおいおい考えていこう、とのことだった。

「はい、よろしくお願いします」

「あとね、年齢のことなんだけど……八歳くらいかなって思うんだ。それでいい？」

異論なんて無かった。

あとは公爵夫妻がのほほんとお喋りをしていて、弟のヴィクター様は黙々とタルトを頬張り、レオンは私をにこにこと眺めていた。

夕食を終え、アンさんから私の部屋は明日用意してもらえると聞いた。「今日は私と一緒に寝ようか？」と誘ってくれたが、横で聞いていたレオンが「今日は僕の部屋だよ」とボソリと、しかしハッキリと宣言した。何故だか分からないが、その時のアンさんの表情は固かった。

「うん、まだ、十歳だし、ね……」

アンさんが何か呟いたが、私はよく聞き取れなかった。

「じゃあお風呂入ろっか！　レオン様、あとでマリアちゃん連れて来ますね」

「う、うん」

「もし僕が部屋にいなくても、入って待ってて」

「了解です、レオン様。じゃあ、マリアちゃん行きましょう」

アンさんに手を引かれ、西棟にある部屋に連れていかれた。部屋の中はシンプルで、木製のベッドに小さめの書き物机と椅子、上に本を並べてある棚があり、他に余分なスペースはない。

「ここ私の部屋ね。ちょっと待ってて」

アンさんは私をベッドに座らせ、廊下へ出ていった。少ししてから大きな袋を持って来て、ベッド脇にある袋も持つと、私を連れて廊下へ出た。鉢合わせた侍女さん達には「例のマリアちゃん？」「可愛いわね～」と声をかけてもらい、その度に挨拶とお辞儀をした。

浴室へと続く更衣室には数名の女性がいた。アンさんがてきぱきと脱ぎ始めるので私も急いで服を脱ぎ、浴室へと入る。西棟の浴室は屋敷の使用人専用で、一度に大勢が入れるよう広く作られていた。

「贅沢でしょ」

アンさんに作法を教わりながら一緒にお風呂に入った。他の侍女さん達も皆優しく、とても楽しかった。

アンさんが持ってきた袋には私の着替えが準備されていたようで、私は白い木綿のワンピースと揃いのズボンに着替えた。寝る時用の服らしい。

元の侍女服に着替えたアンさんと一緒にレオンの部屋へと戻る。その途中、アンさんが真剣な顔をして私に言った。

「マリアちゃん。私、マリアちゃんの味方になるって決めたから。だから、何かあったら相談してね？　少しでも変だな、とか思ったら、迷わずとりあえず相談しに来ること。いい？」

記憶がなく得体の知れない私をこんなに心配してくれるなんて優しい人だ。

私は大きく頷き、自然と顔が笑った。

「アンさん、ありがとう。これからよろしくお願いします」

「か、可愛いなー！　余計心配になってきた」

アンさんがぎゅうぎゅうと抱きしめてくれて、とても幸せだった。

部屋にレオンはおらず、「一人で待ってるよ」と言う私にアンさんが「いいえ、レオン様が来るまで一緒に待つよ」と言ってくれ、二人でお喋りしながら待った。まず言葉遣いを知ったほうが良いという提案で、明日からアンさんに習うことになった。

しばらくして湯上がりのレオンが部屋に戻ってきた。まだ湿り気のある銀灰色の髪は艶やかに光り、垂れ目がちの紫の瞳は色気とあどけなさが融合していた。

あらためて見るレオンの姿に正直見惚《みと》れた。なんだかすごく、きらきらしている。横にいたアンさんが何事か呟いた。

「まだ十歳のくせに、なんつう色気……」

「何か言った？　アン」

「いいえ何も？　ではレオン様、私の妹分のマリアちゃん、よろしくお願いしますね」

アンさんが私の肩に両手を置いて抱き寄せた。私は妹分と言われたことが嬉しく、にこにことアンさんを見上げる。

「妹分？」

レオンがいつもより少し低い声音で問うた。

「そうです。私達仲良くなったんだよね、マリアちゃん」

「はい！　アンさん！」

「ふうん」

レオンはタオルを持ったまま私達の目の前に立ち、にっこりと微笑んで言った。

「じゃあアン、もういいよ。あとは僕に任せて」

レオンは笑っている筈なのに少しだけ怖かった。

「そうですねえ。私もそろそろ戻りますね……」

アンさんは少し名残惜しげに西棟へ戻っていった。

その後、レオンの日々の話を聞いた。勉強のこと、武術訓練のこと、公爵家としての義務のこと。記憶のない私に、少しでも情報を増やそうと気を使ってくれていたのだと思う。

ベッドに上がり、一緒に寝ころんで絵本も読んでもらった。レオンが昔気に入っていたものらしい。傷ついた兎が人間の男の子に助けられ、共に過ごしていくうちに、男の子からの愛情で呪いが解かれ、人間の女の子の姿に戻る。女の子は、継母に追い出された王国のお姫様だった。お姫様はお城に戻らず、男の子とそのまま幸せに日々を暮らしていくのだ。

「お城には戻らないんだね」

「僕はこの終わり方が好きなんだ。お城には継母がいるし、お姫様であることよりも、男の子と一緒にいるほうが幸せだよ」

そうして二人、丸くなって眠った。

窓から差し込む月の青白い光が、室内を柔らかく照らしていた。

第二章

マリア八歳、マグノリア公爵家での日々

「ふう、良かった。いや、そうよね、だってまだ十歳だしね。私も考えすぎよね……」

「……アン、私、昨日言ったこと撤回する」

「え、ミランダ、どうして」

「アンの言う可能性も、今後あるんじゃないかって思う」

マリアとレオンが一緒に眠った翌朝、レオンの部屋で交わされた会話である。

すやすやと眠る二人を前に、侍女のアンとミランダが彼らを起こしに来ていた。

「『今から植え付け刷り込みしていって、なし崩し的に籠の鳥にしていく作戦』のこと?」

「そう、それ」

「いやあ流石に私も考えすぎだったわー。あの暗い瞳も錯覚だったと思うし」

「私もアンが言った時は、そう思ってたわよ」

ミランダはそう言って、二人がかぶっている布団を少しめくる。マリアはすやすやと天井を向いて眠っており、レオンはマリアの方を向いて横向きに眠っていた。

レオンは眠りながら、マリアの右手首を握りしめていた。それはもう、きゅうきゅうと。

無言でそれを眺める侍女二人。

「……ほら、十歳だから」

「そうね、何か持とうとして握ってるのかもしれないわよね」

「そうそう、抱き枕的な？」

「そうそう、抱き枕的な」

再び無言になる侍女二人。

「……マリアちゃんは私達で守っていかないといけないと思うの」

「そうね、アン。私達の考えすぎでも、一応、〝念のため〟って言葉があるしね」

アンとミランダは頷き合った。

二人の誓いの朝だった。


「マリアちゃん、朝ですよ」

朝、アンさんともう一人の侍女さんが起こしに来てくれた。疲れていたのか、いつの間にかぐっすり眠っていたらしい。

「マリアちゃん、こちら同期のミランダ」

「おはようマリアちゃん。アンと同い年のミランダです。私とも仲良くしてね！」

「おはようございますミランダさん。こちらこそよろしくお願いします」

ミランダさんはウェーブのかかった金髪で、長さは肩の辺りで揃えてある。くりっとした茶色の瞳が可愛く、それでいて活発な雰囲気があり、きれいな人だった。ここの侍女さんは皆、すごく綺麗だ。

話し声に反応したのか、横で眠っていたレオンももぞもぞと動き出す。

「え、なに？　わざわざ起こしに来てくれたの？　ちょっと早くない？」

「「おはようございますレオン様。よく眠れましたか？」」

「おはようレオン」

「おはようマリア。……おはよう、アン、ミランダ」

レオンがむくりと起き上がり、私の右手首にあった圧迫感が消えた。そういえばなんだか苦しかった。持ちあげてみると、右手首の辺りに赤い痕がついていた。なんだろうこれ。

「マリアちゃんどうしたの、そ……」

アンさんが途中で言葉を失った。ミランダさんも目を見開いている。

（こんなに握りしめてたっていうの!?　……ミランダ！）

（そうね、これはもう、あれね、アン！）

侍女二人はさっと目を合わせ、無言で会話したらしい。

「あ、アンさん、これ何だろう？」

「ええと、寝ている最中に圧迫しちゃったのかな？　痕は消えてなくなると思うよ」

「そうね、でも心配だからまた見せてもらえるかしら？」

アンさんとミランダさんに気遣われ、今日の夜も一緒にお風呂に入る約束をした。

横にいたレオンが、なんだか面白くない顔をしていたが何故だろう。

　アンさんとミランダさんに手を引かれ、二階の西側にある一室へと行った。木製のベッドと机、空の本棚に、衣装箪笥。猫脚の可愛い姿見もある。床は深い色合いの木目で、落ち着く雰囲気だ。

「ここがマリアちゃんの部屋」

「えっ、ここ!?」

　素敵過ぎる。さすがにレオンの部屋よりは狭いが、十分に広い。調度品もきっと高級なものだ。

「そんな、立派すぎます。どうして……」

「いいんじゃない？　あとでお布団とか、服持ってくるわ」

「ミランダ、そういえば服どうなったの？」

「お針子の二人が楽しんじゃって、色々バージョンアップしてるわよ」

　アンさんもミランダさんも平然としている。ぽっと拾われた、どこの子かも分からない私がこんなよい待遇をされていて、何か思ったりはしないんだろうか。私自身が上等過ぎだと思っているのに。

　おろおろと不安になっている私に気付いたのか、アンさんが私の頭を撫でて言った。

「公爵家《ここ》の人たちがそうしたいって言ってるんだから、気にしなくていいんだよ」

「そうそう。ラッキーって思っちゃいな」

「で、でも……」

「公爵家は財力もすごいから。気にしない気にしない、甘えちゃえ」

「私らは雇われてるからさ。公爵家の職場待遇すごく良いしね」

そう言ってもらえても、やはり身に余る待遇だと思う。

「それに……本当に良かったのか、って言うと」

「ラッキーじゃなくて、搦《から》めとられたのかも、しれないしね……」

二人が斜め下を向いて呟いた言葉は、よく聞き取れなかった。


二人に案内されて、屋敷の洗面所や西棟の厨房、食堂を巡った。西棟の食堂は使用人専用となっていて空間は広く、六人掛けのテーブルが六つほど並んでいた。ここでの食事はカウンターに用意されている料理を個々人でお皿に取っていくスタイルらしい。

「今日からここで一緒に食べよう」

「はい！」

人数も多いからか、メニューも豊富。アンさんに言われるがまま、スクランブルエッグにベーコン、彩り野菜のサラダ、コーンポタージュとパンを取った。

「食べきれるかな……」

「食べきるの！　いっぱい食べて体力つけないと」

アンさんなかなかスパルタですね。

「アンはちょっと食べ過ぎよ……」

アンさんの食事は私の四倍以上あって、それを見たミランダさんはげっそりしている。

「ミランダが少ないんだと思うけど」

「いやいや、あんたが異常だから」

そう言うミランダさんの朝食は私の倍ほどの量だった。

三人で食べていると、同じテーブルの斜め向かいに一人の青年が座った。柔らかな茶色の髪で、前髪は長めに伸ばしているが襟足は短く切ってある。ちらり、とこちらを見た瞳は深い藍色だった。

「ダン、おはよう」

「……おはよ」

ミランダさんが挨拶すると、低い声音が返ってきた。不機嫌そうにも聞こえる。

「気にしないでね、こいつ低血圧なのよ。朝はいっつもこう」

ミランダさんがばしんと青年の肩を叩く。

「……ってーな、馬鹿力。で、誰この子」

この子、というのは紛れもなく私のことだろう。

「あ、あの、マリアといいます。昨日、ご好意で拾ってもらいました」

「拾う？　……ああ、例の子か」

「よ、よろしくお願いします」

「やだもー、ビビんなくていいよ。ダンは別に怒ってないから。あんたもその不機嫌面直しなよねー」

アンさんも散々な言いようだ。言われたダンさんは困ったように顔を顰《しか》め、私と目を合わせた。

「あー、その、何だ。俺いつもこんな風だから気にすんな」

「というか直しなよ」

「そうだよね」

ミランダさんとアンさんのつっこみに面倒くさそうにしている。

「俺はダンって言って、ここの庭師をしてる。もう一人庭師いるんだけどそれは俺の爺ちゃんな。まあ、あんたも記憶なくて大変だろうけど、頑張れ」

「は、はい！」

「ダンは私らの一つ下なのよね」

「そうそう、無愛想だけど結構いい奴なんだよ」

「よく見ると結構イケメンだし」

「この前、仕入れ業者のお嬢さんにあんたのこと聞かれたわー。彼女いるんですかって。ねぇ、いるの？」

アンさんがニヤニヤしながら聞く。それに対してダンさんは仏頂面だ。

「いねえよ」

「じゃあ好きな子はいるの？」

続けてミランダさんが笑いをこらえながら聞いた。

「……いねえよ」

ダンさんの返答に少し間があった。それを二人が逃がす筈もない。

「えっ？　ダン、いるの？」

「そうよねー、いるわよねー。誰のことかしらねー」

笑みを引っ込め驚くアンさんと、楽しくてしょうがない顔のミランダさん。ダンさんは「チッ」と舌打ちして朝食をかき込み始めた。

完全に遊ばれている。主にミランダさんに。

ダンさんは早々に食べ終わって席を離れた。「庭を案内して欲しかったらいつでも言え」と言い残してくれたので、暇そうなタイミングを見つけて行きたい。

「ダンさんって格好いいですね」

とポツリと言うと、二人が驚いた顔をした。

「マリアちゃんああいうのが好み？」

「ちょっとワイルド系が好きなの？」

切れ長で少々吊り気味の目は少し迫力があり、鼻筋は通っていて顎のラインもすっきりとしている。庭師という職業柄か細身だが筋肉がついていて、背がとても高かった。それに、ぶっきらぼうだけど優しい人だと思った。

「うん、格好いいと思った」

「それ、レオン様には言わないようにね……」

アンさんが真面目な顔をして言った。

朝食を終えてから三人で私の服を運んだ。昨日の部屋で見た、今は使わなくなった服の中からだ。

あれからさらに見つかったようで、三人で両手に抱えても持ちきれないほどの量だった。

その途中でレオンに遭遇し、お昼ご飯は一緒に食べようねと言われた。

「朝食と夕食は、毎日私達と食べますからね」

そう言ったのはアンさんだ。

その日から朝と夜は西棟の食堂で侍女さんや従僕さんと一緒に、お昼はレオンと部屋や庭で昼食を食べることになった。


それからの毎日は楽しく、無我夢中だった。

レオンは優しく、勉強も武術の稽古も忙しいはずなのに、いつも気にかけてくれる。私が暗い表情をしているといつの間にか現れて、手をぎゅっと握ってくれるのだ。

アンさんやミランダさん、他の侍女のお姉さん達も優しく、生きていくのに必要な色々なことを教えてくれている。変な男にひっかからない方法、危ない男の見分け方、簡単な護身術など。うん？男関係ばっかりだ。お姉さん達には必要だけど、私にはまだ早いし、今後もあまり必要ない気がするけど……ありがたく教わっている。

従僕や執事の皆さんもやっぱり優しくて、持っている飴やお菓子をくれたりする。この前は、従僕のゴードンさんから飴を貰っているところをレオンにじぃーっと見られてしまった。ほいほい貰っちゃ駄目だよね……気を付けよう。

庭師のダンさんは、口調は素っ気ないけれどとても優しい。この前、暇そうなタイミングを見つけて裏庭に行ったら、花冠《はなかんむり》の作り方を教えてくれた。

この屋敷にいる誰よりも背が高く、手もすごく大きいのに、ダンさんは小さな花をあっと言う間に編み上げていった。すごく器用な人なのだ。ちょうどその場にアンさんが通りかかり、仕事もひと区切りがついていたようなので、一緒に花冠用のお花を摘む。

あっと言う間にピンクの花でこしらえた花冠が出来上がり、ダンさんはそれをポンと私の頭の上に載せた。

「わぁっ。ダンさんありがとう」

「可愛いマリアちゃん～！　ダンって器用だね」

「ん。マリアも作ってみるか？」

ダンさんがもう一つ作り始め、教えてもらいながら私も花を編んでいく。ダンさんの花冠はきれいな円を形作り、花が茎や葉の中に埋もれることなく編まれていくが、私のはぼこぼこだ。

「最初のうちはそんなもんだよ」

ダンさんがちょっと笑った。アンさんは、ダンさんの手元を覗き込むようにじいっと見ていた。

「ダンってなんでそんな器用なの」

「お前が大雑把なんだろ。ほら、出来た」

ダンさんはそう言って、白い花で出来た花冠をアンさんの頭に載せた。

「え!?」

「アンさん似合うよ～。きれい～！」

アンさんの鮮やかな赤毛に白い花が映え、とてもきれいだった。

「似合う似合う」

「ちょっ、からわかないでよねダン！」

「いや、マジだって」

頬も赤くなっているアンさんに、ダンさんは悪戯《いたずら》が成功したような無邪気な笑みを浮かべていた。ダンさんは余っている白い花を、アンさんの一本にまとめている三つ編みに差し込んでいき、さらに耳元の髪にも飾った。

「ほら、お前の赤い髪には白が似合う。黄色い花も混ぜてもいいかもなー」

「いや、こんな赤毛っ……」

「え？　きれいじゃん」

ダンさんが不思議そうな顔をして、ぽろりと本音らしきものを喋った。そして一拍置いて、自分の発言に気が付いたのか、顔がみるみるうちに赤くなった。

アンさんの顔も赤く、二人して俯くので、私はお腹の辺りがムズムズして逃げ出したくなった。

ぽやぽやとした気恥ずかしい空気を破ったのはアンさんだ。

「あっ！　ま、マリアちゃんも花冠出来上がったんだね！」

「おっ、おう！　一つ目にしては上出来じゃねえの？」

私の手には、ダンさんをイメージした青い花の花冠があった。形や編み目はいびつだが、納得のいく出来栄えだ。それをダンさんの頭の上に載せた。

「ダンさんにあげる」

「あ～可愛い～」

「……」

ダンさんはアンさんをギロリと睨《にら》んだ後、「ありがとな」と私の頭を撫でた。

ダンさんに貰った花冠は、水を張ったお皿に入れて部屋に飾った。

アンさんは、後ろの三つ編みに差し込まれた花を取り忘れたまま仕事に戻り、ミランダさんに茶化されていた。


アンさんと一緒に花冠を作った、少し後のこと。

その日は昼食を外で食べようとレオンが提案したので、二人分のサンドイッチをバスケットに詰めてもらい、屋敷の東側にある薔薇園へ向かった。

この薔薇園ではレオノア様が友人を招いてお茶会をするらしく、東屋は頑丈で優雅な造りになっている。面積はかなり広くて、六角形の屋根は大きくて雨も防げる。勿論、椅子とテーブルも完備されている。

二人で椅子に座り、卵やツナのサンドイッチを食べていると、ダンさんが手入れをしに薔薇園へやって来た。

「ダンさーん！」

私が大きく手を振ると、仕方なくといった体でダンさんが小さく手を振り返してくれる。

その腕を、横からツンツンと突かれた。

「いつの間にダンと仲良くなったの？」

「えっ？」

ふと見ると覗き込むようにレオンが私を見ている。

「朝や夜、ご飯が一緒になる時があるから……。あっ、この前、花冠の作り方教えてもらったんだ！」

その時の光景を思い出して私は笑顔になったが、レオンの顔は暗かった。

「レオン？」

「あ、ごめん。花冠かぁ、久しく作ってないなあ。今度一緒に作ろうよ」

「うん、またピクニックしてね」

お昼ご飯を食べ終えてから、薔薇園を散歩したり、ダンさんに今咲いている薔薇の品種を教えてもらったりした。その際、レオンはずっと私の手を握っていた。レオンは手を繋ぐことが好きだなあ。


その日の夜、ミランダさんと食堂で夕食を食べていると、ダンさんが横の座席にやって来た。ダンさんはちらりとミランダさんを見て、私にこう言った。

「今度、マリアだけの秘密基地を作ってやる。レオン様には内緒の、俺とお前の隠れ家」

「ひみつきち……！」

「えー。私には教えてくれないのかしら？」

「お前とアンは許可」

「……ダン」

（もしかして、あんたもレオン様やばいと思う？）

（うん、何かヤバイと思った）

ミランダさんとダンさんは、私に気付かれないように目線だけで会話していたらしい。

ここに《避難場所を作ろうの会》が発足していた。


その頃、私が真剣に取り組んでいたのは言葉と文字のことだ。自分が話している言葉に一刻も早く馴染めるよう、違和感を取り払えるよう必死だった。

レオンが昔使っていた語学の学習教材を借りて、出来るだけ早く文字が読めるようにと勉強した。レオンとヴィクター様の家庭教師であるマシアス先生も勉強をみてくれて、識字能力は飛躍的に上がった。マシアス先生は手放しに褒めてくれたが、それだけ切羽詰まっていたのだ。

図書室も自由に使っていいとお許しが出たので、絵本を片っ端から読んでいった。与えてもらった自室で、ぶつぶつと声に出して何度も読んだ。

半年経った今では、ようやく言葉の違和感もなくなり、絵本や簡単な児童書なら読めるようになった。

それと一緒に、侍女さん達のお手伝いもさせてもらっている。まだ子どもなので出来ないことばかりだが、野菜の下ごしらえや浴室掃除のお手伝いをしている。エンドウ豆の莢剝《さやむ》きは早くなった。

ダンさんのところでは、ハーブ園や薔薇園での草むしり。別にしなくていいと言ってくれたが、私がしたいのだと言ってさせてもらっている。二日目に顔を出すと、「日射病になられちゃ困る。それに、日焼けしないほうがいいだろ」とダンさんは私用の麦わら帽子を用意してくれていた。

作業の合間には植物の知識も教えてくれたし、更には迷路庭園を何度も道案内してくれた。それはもう何度も、全体図を私が覚えきるまで。その迷路庭園の端っこ、なかなか複雑なルートを進まないと行けないところに、例の秘密基地を用意してくれていた。大人は屈まないと入れない、子どもの身長に合わせた高さのログハウス。中の広さは、私が大の字になって寝ても少しゆとりがあるくらいだ。窓もちゃんとあってガラスがはめ込まれており、天井にはカンテラが付いている。

「可愛い！　すごい！」

「ん。作ってみた」

「作って!?　て、天才なのダンさん！」

私は飛び跳ねて喜び、その勢いでダンさんに抱きついた。ダンさんも最初は驚いたようだったけど、私を抱きかかえくるくると回って遊んでくれた。遠心力で足が浮いて面白かった。

後日、アンさんとミランダさんと共に迷路を進み、ダンさんの傑作を見に行った。ちなみに迷路を進んでいる時、ダンさんは最後尾についていたので、ちゃんと道を覚えているかチェックされている気持ちだった。

ログハウスを見ると、二人とも驚嘆の声が出た。

「ダンすごい！　ここまで器用だなんて！」

目をきらきらさせるアンさんとは対照的に、ミランダさんは冷静だった。

「こんな特技があるなんてね。これから色々使えるなーっと」

「おい、ミランダ」

ダンさんの仕事が増えたかもしれない。


毎日の生活は楽しかった。

公爵のブラッド様は、政務が忙しく屋敷にいることは少ないが、時折顔を見せてくれて近況を聞いて下さる。レオノア様も忙しく過ごされているが、美味しいお菓子を食べないかとお部屋に呼んでもらったり、欲しいものがあったら言ってね、など言って下さる。十分過ぎるほどで、欲しい物は特にない。弟のヴィクター様は、私よりも二つ年下ということもあってか、とても可愛らしい。私の識字能力の伸びに、「マリアはすっごいね」と言って背伸びをして頭を撫でてくれた時はもう天使じゃないかと思った。それを見て、レオンも一緒に頭を撫でてくれた。

それでも、不安な気持ちはずっと私の胸の中で疼《うず》いている。自分が何者なのか、どうして記憶がないのか、どうしてあの場所に倒れていたのか。

漠然とした不安でいっぱいになり、眠れなくなった夜はそっと部屋を抜け出す。ひっそりと静まり返ったなか、そろりと廊下に出て、音を立てないよう忍び足で歩くのだ。二階の西棟は、奥に執事のセドリックさんの部屋があるだけで、他に使っている人はいない。

今夜もそうやって部屋を出て、いつものサンルームへ向かった。中は部屋全体がほの明るく、青白い光で照らされていた。今日は満月だ。

窓側に近づき、張り出されたガラス窓を通して夜空を眺める。まあるく光る月を見ると、どうしようもなく懐かしい気持ちになる。

傍のソファに腰かけ、ぼんやりと上を向いた。かぶったブランケットも、木綿の白い部屋着を着た私も、この部屋と同じように月明かりに照らされる。

心地よくて、寂しかった。

じわじわと溢れた涙が、こらえきれずにぽたぽたと膝に落ちた。

そのとき、背後から扉がギィと動く音がした。びくりと肩が揺れ、驚いて振り返る。

「……マリア？」

そこには寝ぼけ眼《まなこ》のレオンが立っていた。起きたばかりなのだろう、半覚醒といったところだ。

レオンは私を認めると、そのまま窓側にやって来て、隣に腰かけた。腕が触れ合うほど近くに寄り、何も言わず、何も聞かず、泣き続ける私の頭を撫でる。

寂しいけれど温かい。

止めようとしても涙が溢れ出てくる。

レオンは「泣いてていいんだよ」と言うように、私の頭を撫で続けた。

レオンがいてくれて良かった。


寒い冬が過ぎ、公爵家に拾われてから一年が経とうとしている。

言葉遣いも学んだ私は、レオンのことを再びレオン様と呼ぼうとしたが、断固として拒否された。

ただ、ふいにやって来たお客様や、これからのこともあるので、普段はレオン様と呼び、二人だけの時はレオンと呼ばせてもらうことで了解を得た。

そして、春が来る。

第三章　マリアの誓いの夜

公爵家に拾われてからまる一年が過ぎた。私は引き続き勉強とお手伝いの日々を過ごしている。初等学校に行く話もあったが、今の学習ペースが早いらしく、家庭教師のマシアス先生にみてもらったほうが私にとって良いという話になった。

十一歳になったレオンは少し身長が伸び、ちょっぴり見上げる高さになってしまった。武術の稽古も厳しくなってきているようで、あちこちに傷をつくっている。

私は野菜の皮むきが上手くなり、裏庭のハーブの名前を半分ほど覚えた。勉強は主にこの国の歴史を学んでいる。

「えっ。私がダンス？」

「うん」

昼食のコッペパンに挟んだ焼きそばが落ちるところだった。ふっくらと焼けたコッペパンはジャムをつけても美味しいが、最近、焼きそばを挟んでも美味しいと気付いてハマっている。焼きそばはレオンの食事には出たことがないらしく、西棟の厨房から分けてもらい持ってくると喜ばれた。

「一緒に習おうよ」

「でも私にダンスなんて必要かなぁ？　あれでしょ、貴族の皆さま方がやってる社交界に必要なやつ」

「やって損はないよ。僕も練習相手がいると助かるし、楽しいよ」

「うーん」

「何がそんなに引っかかってるの？」

「ちょっと身に余るというか……」

貴族でもなんでもない私がどうしてレオンと一緒にダンスを習う――

「ここの侍女も従僕も全員踊れると思うよ」

「そうなの？」

そういうものなのか。それなら踊れないと駄目だな。

ダンスもマシアス先生が教えてくれるらしい。あの人はなんでも出来るようだ。

おやつに持ってきたエッグタルトを食べ、覚えたてのチェスで一戦した後、レオンは剣の稽古に行った。

チェスはまだ一回も勝てたことがない。悔しいので図書室に寄って、チェスの本を借りた。

翌日、大広間でダンスの練習が始まった。夜会を開くこともある大広間の天井は高く、豪勢なシャンデリアが吊られていた。壁は赤みを帯びた茶色で絵画がたくさん飾られており、濃い色合いの木目の床はぴかぴかに磨かれている。美しいマントルピース、鑑賞を目的とした凝った意匠の机など、高価なものでいっぱいだ。

「こ、ここで練習するんですか？」

「気が引けるのは分かりますが、使わないほうが部屋にも悪いのでね。気にしないことです、マリア」

そう言ってくれたのは普段より動きやすい服装をしているマシアス先生だ。マシアス先生はクセ毛の強い茶髪を短く切って、いつも毛先をふんわり跳ねさせている。瞳は茶色く優しげで、本人の性格そのまま柔らかい雰囲気を全体に纏っている。前にミランダさんが「あの人若く見えるけど、私らより十コ年上でもうすぐ三十路なのよ」と言っていた。

そのミランダさんも練習に来ていた。

「ではまず僕達がお手本を見せますね。よろしくお願いしますミランダさん」

「こちらこそ」

先生がカウントを取り始め、ゆっくりと踊りだした二人。一緒に踊るのが初めてとは思えないほど、滑らかできれいだった。「ミランダさんお上手ですね」「そう言う先生も上手いじゃないですか」と会話しながらくるくる回る。

「これが基本のワルツのステップです。まずこれが出来るようになりましょう」

まず、レオンは先生に教えてもらい、私はミランダさんに教えてもらう。それぞれのパートを覚えたら、少しずつ二人で合わせて踊る。そんなふうにして、毎日一時間ダンスの練習が組み込まれた。

さらにマナー指導――のちに淑女レッスンへと変わる――も追加された。

これも最初は不要なのではと訴えたが、「出来ないより出来るほうがいい」とレオンに言われ、アンさんには「まあ……念のため」と濁され、さらに公爵夫人レオノア様の「私が教えるわぁ。ついでにお茶会も出来るから楽しみ」という鶴の一声がかかったので半ば強制参加だ。

普段おっとりとして微笑まれている美しいレオノア様だが、笑っていても目が笑っていないことがある。私はこのお茶会でそれを知った。毎回ミスしないか必死である。


そうやってまた季節がひと通り巡った。

レオンとのチェスの対戦は勉強の甲斐もあってか勝負は五分五分になってきた。ダンスの練習も続いていて、最初に比べると余裕もできてきたし、少し高度なステップの練習も始めている。最近はヴィクター様も練習に加わった。レオノア様のマナー指導は、どんどん、レベルが、高くなっている気がする……。

昼食のあとに、お遊びでダンスをすることも増えた。マシアス先生の前ではしないが、レオンは私の体を抱きかかえるようにして、空中に浮かす技が好きだ。「もっと力があればなー」と呟いているが、十分出来ていると思う。一年も一緒に踊っていると息も合ってきて、今ではダンスを習う時間がとても楽しい。


十歳になった私は、拾われた頃よりも背が伸びて、この一年で少しレオンに追いついてきた。侍女さん達のお手伝いも出来ることが増えた。野菜の下処理だけでなく、肉と魚の下処理も出来るようになった。もっと身長が伸びて力もついたら、西棟の厨房で料理作りを教えてもらえる。

十二歳になったレオンは、勉強も武術もさらに頑張っていた。来年は、貴族の子弟が集まる寄宿学校に行くため、むこうでは出来ない武術の稽古には特に気合を入れていた。剣術のみならず、格闘術や柔術など色々なものを習得しようとしている。

そのあまりの必死さに、私は少し心配している。

「レオン、打撲だらけじゃない」

「これぐらいどうってことないよ」

にこにこと平気な顔して笑うレオンだが、その顔がたまに陰りを帯びているのを知っている。それはいつも二人しかいないところで、ふいに現れる。偶然見たあの時から、ずっと気にかかっていた。

「ゴードンさん達も十分強いって言ってたよ？」

「ううん、まだまだ足りない」

そう言うレオンの目の力は強かった。

「……もしかして騎士とかになりたいの？」

私が尋ねると、レオンはからりと笑ってこう言った。

「それもいいかもしれない」


秋も深まり、木々は燃えるように色づいている。このところ毎日、ダンさんと私は落ち葉や枯れ木集めに忙しい。

朝食の時にダンさんが、こんなに落ち葉が出てくるんなら裏庭で焚き火をしてみようと言った。

それを聞いたアンさんとミランダさんが乗り気になり、一緒にサツマイモや栗も焼いて食べてみることになった。

それは楽しそう。

春になれば寄宿学校へ行ってしまうレオンのことが頭に浮かび、「レオン様も呼んでみていいかな？」と尋ねると、三人とも少し驚いた顔をした。

「もしレオン様が来られるようなら、都合に合わせるから日時を指定してもらって来い」

「それならヴィクター様も呼んだほうがいいかなぁ」

と、思案顔のアンさん。

「ついでにそれも聞いてこい」

「了解です、ダンさん」


今日のダンスの練習はヴィクター様と私だけ。最近は殆ど毎日ヴィクター様の練習相手を努めている。今頃レオンは武術稽古をみっちりしているはずだ。夏を過ぎてからレオンのダンス練習は減った。その代わり、空いた時間に二人だけで踊ってはいるが。

外がなかなか寒くなってきたので、昼食は居間にあるこぢんまりしたテーブルで摂ることになった。今日のメニューは栗ご飯のおむすびと、きのこのスープ。デザートにスイートポテト。このスイートポテトは午前中、アンさんと一緒に作ったものだ。レオンには秘密である。

早速、焚き火の件をレオンに相談する。

「僕も行っていいの？」

「うん！」

「ヴィクターのことは聞いてみるよ。多分行くと思うけど」

思いの外《ほか》レオンが嬉しそうだったので誘って良かった。

レオンがスイートポテトに手を伸ばし、ぱくりと食べるのをドキドキしながら見る。殆《ほとん》どアンさんが作ったようなものだから、美味しいと思うけどどうだろう。

「美味しいね、これ」

良かった。


その二日後、ヴィクター様も参加して六人で焚き火を囲んだ。私とダンさんが集めた落ち葉の山に火を付け、いい感じに燃えてきたところにアンさんが準備しておいたサツマイモと栗を放り込む。

「私こんなの持ってきたわよ」

ミランダさんが取り出したのは、銀の細長い棒と瓶に入った白くてフワフワなもの。

「マシュマロ!?」

食いしん坊のアンさんの顔が弾けた。

ミランダさんは銀の棒にマシュマロを刺して、全員に配った。ヴィクター様は不思議そうに白いフワフワを見ている。

その様子を見てミランダさんが自分の棒を焚き火にかざした。

「こうやって、ちょっと炙《あぶ》るでしょ。んで焼き色が付いたら、食べちゃう」

「ヴィクター様にやらせていいのソレ……」

アンさんが不安げに言うと、ダンさんが冷静に「まず一緒に焚き火ってところかマズいんじゃないのか」と、マシュマロを炙りながら言った。

「この家はいろいろ緩いから大丈夫だと思う。父上も母上もこのこと知ったら、自分も焚き火したいって言いだすよ、多分」

レオンがそう言いながらヴィクター様の分も一緒にマシュマロを炙る。危ないからやってあげているのだろう、ヴィクター様はわくわくした様子で見ていた。

炙り終えたマシュマロは甘くてトロリとふわふわで美味しかった。ヴィクター様はマシュマロに夢中になってしまい、レオンが何個も炙ってあげていた。

焼きあがったサツマイモと栗を取り出し、皆で分け合う。ホクホクで甘くて美味しい。

ふとレオンが焚き火の輪を外れたので、どうしたのかと思って傍に近寄った。

「レオン？」

「今日は誘ってくれてありがとう。ヴィクターも喜んでるよ」

「それは良かった」

「……マリア」

レオンは続きを喋るのを躊躇《ためら》い、目を伏せたので、私はじっと待った。しばらくしてレオンが口を開く。

「もし、僕が公爵家の人間じゃなかったら――」

「うん？」

何の話だろう。

「もし、公爵家の人間じゃなかったら、僕のことどう思う？」

突然の質問の意図がよく分からない。けれどレオンの目は真剣だった。――公爵も何も――。

「レオンは、レオンじゃないの？」

そう言うと、レオンはきょとんとして笑った。

「それもそうだった。変なこと訊いたね」

「ううん、その……」

大丈夫？　と問うのは違うと思った。

だから代わりに微笑んで「マシュマロもっと食べたいな」と、レオンの手を引っ張って焚き火の輪に戻る。


レオンが言った言葉の意味を知るのは、それからそう遠くない日のことだった。


一年で一番夜が長い今日は、《光の祝福》を祝う日だ。

二週間前からこの日に向けて、屋敷全体に光をイメージした装飾を施す。至るところにランタンが置いてあり、日没前に灯していくのだが、美しいこの屋敷があたたかい橙色の光に彩られていく様子は幻想的だ。今年はダンさんと一緒に色ガラスをはめ込んだランタンも数種類作ったので、それがどんな色彩をみせてくれるのか楽しみである。

夕食は御馳走になる。昨日から料理の下ごしらえを始め、お菓子もクッキーやケーキを沢山焼いた。西棟の食堂も今日は御馳走と大量のお酒が振る舞われるので、皆楽しみにしているのだ。

それとミランダさんが言うには、大人になったら重要な意味を持つ日でもあるそうだ。ある人は幸せで、またある人は泣いたり虚ろになったりお酒に溺れる日になるらしい。なんでそんなに差があるんだろう。

そう話すミランダさんは楽しそうだったので「ミランダさんは幸せになる日？」と尋ねると、にんまり笑ってこう言った。

「私はまだどうでもいいんだけど、とある二人の動きを見るのが楽しみでしょうがない……って感じかな」

何となくそれ以上は聞かないことにした。

厨房でのお手伝いや庭仕事も無かったので、部屋で勉強を進めることにする。今覚えているのは地理で、マグノリア公爵家の領地がなかなか広いことを知った。王都に近い東の地、農業も商業も盛んで、陶器や貴金属の職人の育成にも力を入れているらしい。

そういえば遠出したことはない。いずれレオンが引き継ぎ治めていくマグノリア領を、この目でいつか見てみたいと思う。

コンコンとドアがノックされたので、すぐ開けに行くとレオンが立っていた。

「あ、良かった部屋にいた。勉強してたの？」

「うん、お手伝いもなくて」

「そっか――母上がお茶会しようって言ってさ、呼びに来た」

今日はスペシャルバージョンらしいよ、と呟いたので、私の体は反射的にびくっとした。

「分かった、すぐ行く」

胸の辺りまで伸びた黒髪を手早く一つにまとめ、服の埃《ほこり》を手で払う。レオンと連れ立って、レオノア様専用のサロンへ行った。夫人はすでに優雅に紅茶をたしなんでいて、こちらに気付くとにっこり笑った。

「今日はスペシャルバージョンよ。皆、宜しくね」

その言葉を聞いた侍女さん三人が問答無用に私の手を取り別室へ。背中から「レオンはここで待ちながらお菓子でも食べてなさい」と言う声が聞こえる。

「あの、今から何をするんですか？」

「奥様の遊び」

レオノア様にずっと付いているベテラン侍女さんが、主人とよく似た笑みを貼りつかせて言った。

「そして私達の遊びでもある」

侍女さん達は手際よく私の服を脱がせ、髪も解《ほど》いた。「はい靴も脱いで」「やっぱり黄色のも良かったって」「こっちのにするって決めたじゃない」「髪は私が結いたい」と頭上で交わされるやり取り。

前にもこんなことがあったような……あれか、初めてこの屋敷に来た時だ。

言われるがままに服をかぶり、いつもより踵《かかと》の高い紅色のストラップシューズを履く。椅子に座り髪を梳かされたあと、気づけば侍女さんの巧みな技で髪型は編み込みを駆使した可愛いシニヨンになっていた。

「出来た！」

鏡の前に誘導される。それに映る私の姿は小さな淑女のようだった。胸元を美しい二重レースが丸く縁取り、肘下まである袖口にも同じレースが使われている。全体は軽い薄紅色をしていて、胸下に巻かれた太めのリボンから裾に向かってスカートがふんわりと広がる。足元の少し落ち着いた赤色が全体を締めていた。

「わー……すごい」

確かにスペシャルバージョンである。着飾ってもらうと素直に嬉しく、鏡に映る私の頰は上気していた。

侍女さん達にお礼を言って、サロンに戻る。出迎えてくれたレオンは一瞬動きを止めたあと、「可愛い可愛い可愛い！」と、すごく誉めてくれた。

レオノア様にも「似合っていますよ」と誉めて頂いた。

「ただ歩き方が残念です」

そこから数十分、歩き方の訓練……ではなくて練習が続いた。レオンは申し訳なさそうな顔をして紅茶を飲んでいた。

少々ぐったりして始まったお茶会は、スペシャルバージョンということでケーキと数種類のショコラが並んだ。

「本当はショコラを御馳走するために呼んだのよ。そしたら可愛い格好をさせたくなって……。ふふ、ちょっと遊びすぎちゃったわね」

宝石のようなそれは、中毒になりそうなくらい美味しかった。


日没に差し掛かり、無数にあるランタンに火を灯す。ダンさんと作った色ガラスを使ったランタン達は、橙色《だいだい》の光に緑や青の色味が加わって大層美しかった。

公爵家ご家族の晩餐を終えてから、西棟の食堂で御馳走祭りが始まった。東棟のキッチンではまだ仕事が続いているが、それ以外の担当の使用人は全員集まっているので、食堂はわいわいと賑わっている。椅子も足りないので、そのへんの部屋のものが運び込まれた。

「みんな飲んでるか!?」

「いぇーい!!」

今日は無礼講だ。

各テーブルにサラダも肉料理も魚料理も大皿に沢山並べられていて食べ放題。カウンターにはビールにウォッカやウィスキー。勿論、私の手にはオレンジジュース。

アンさんはここぞとばかりに周りが引くほど食べまくっている。ミランダさんを見ると、従僕のゴードンさんとマシアス先生に挟まれてお酒を飲んでいた。マシアス先生はお酒のせいかもう真っ赤だ。

ダンさんを探すと、従僕の中で一番喧嘩《けんか》が強いと言われているロイさんに何やら勝負を申し込まれている。もしかして喧嘩するのかと緊張したが、ダンさん達は不敵な笑みを浮かべてお酒を交わし始めた。毎年誰かがやっている飲み比べというやつだ。どちらが強いのか少し興味がある。

宴会は楽しく過ぎていき、料理の大半がなくなったところでデザートを運ぶ。お酒を口にしていない私や、ただ食べ続けていたアンさん、お酒は飲んでものまれないミランダさんが駆り出された。

「ねえアン～。あいつあんなに飲んでるけど、いいのぉ？」

「あいつって誰よ」

多分ダンさんだ。

「《祝福日》よぉ？　なんか用意してんでしょ、あいつに」

「別に、していないし」

アンさんは少しつっかえながら言った。それを聞いてミランダさんはニヤニヤしている。

「ふうーん。あいつはきっと用意してるんだろうけど、あんだけ飲んじゃあそのまま潰れそうよねえ。助けに行ったら？」

さっきから気になっているが、用意って何のことだろう？

私が不思議そうな顔をしていたからか、ミランダさんが目線で「どうしたの」と問うてきた。

「あの、用意ってなあに？」

「知らない？　《祝祭日》はねえ、特別に想っている相手に贈り物を渡す日でもあるのよ。たった一人だけにね」

「へえ、そうだったんだ」

「マリアちゃんにはまだ早いかな？」

アンさんは私達の会話を無視するようにデザートを食べていた。カスタードクリームのかかったプディング、グラスに入ったトライフル、丸太をイメージして作られたチョコレートケーキ。私も美味しいなと口に運んでいたら、出入り口の方で驚きの声が聞こえた。

「れ、レオン様!?　こんなところに、どうされたんですか？」

ん、レオン様？　まさかと思ってぐるりと振り向いたら、ここに来るはずのないレオンがいた。私に気付いたレオンが、笑顔になって近づいてくる。アンさんとミランダさんはびっくりした顔でこちらを見ていた。

「マリア、良かった、いた」

「ど、どうしたんですか？」

皆がどんちゃん騒ぎをしながらも、私達に注目をしていることを肌で感じる。お酒を飲みながら、会話をしながら、こちらの様子を窺っているのだろう。何だかとっても逃げ出したい。

それに気付いているのかいないのか、レオンは身をかがめ、耳元で私だけに聞こえるよう囁いた。

「このあと、サンルームに来て欲しいんだ」

どう？　と言うように、レオンが間近で首を傾げた。祝祭日に合わせてか、いつもよりシックな装いをしている。光沢のある白いシャツとダークグレーのズボンにジャケットを纏《まと》ったレオンは、いつもより大人っぽくて格好良く見えた。

「う、うん、分かった」

囁き声で返し、こくりと頷く。

「待ってるね」

にっこり笑ったレオンはそのまま食堂を出て行った。皆の関心が徐々に薄まっていくことを感じながら、知らずほっと息をつく。

「レオン様、なんて？」

横にいたアンさんに聞かれたが、「ちょっと訊きたいことがあったみたいです」と濁して、赤いベリーを口に入れた。

お皿に移したチョコレートケーキを食べ終え、片付けに立ち上がる。アンさんとミランダさんには、「そろそろ部屋に戻ります」と言い添える。食堂を出て向かうのは、レオンが待っているだろうサンルーム。西棟から玄関ホールに入り、そこにある無数のランタンが屋敷を神秘的に照らしていた。皆、宴会か部屋でこの《祝福日》を楽しんでいるのだろう、ホールには誰もいない。軽い足音を立てながら、ランタンが並ぶ階段を駆け上がり、サンルームへと静かに入った。

サンルームは使う予定が無かったので飾りの類《たぐ》いは用意していなかったはずだが、床には窓側へ誘うよう幾つかランタンが置かれていた。窓辺のローテーブルには小さな蠟燭とガラスのグラス、ボトルが置かれている。その傍のソファには誰か座っている人影がある。

「レオン？」

「あ、マリア。こっち」

私は扉を閉め、ソファへと近づく。レオンはボトルを開けて、透明で僅かに泡の立つ液体をグラスに注いだ。

「シャンパン風ソーダだよ。僕ら子どもだからね」

「わあ、ありがとう」

「来てくれてありがとう。乾杯」

「乾杯～」

少し炭酸が入っていて、かつ甘く美味しかった。

「この飲み物もランタンも、レオンが用意してくれたの？」

「え、うん……」

レオンは少し照れたようだった。

「とても素敵」

私はいつもレオンに貰ってばかりだ。

二人並んでソファに座り、夜空を見上げる。泣き続ける私の傍に、何も言わずいてくれた、あの夜と同じ満月だ。夜空から差す優しく青白い光と、室内のランタンのあたたかい光が混じり合う。

「この冬が終われば、僕は寄宿学校に行く。この家に帰れるのは、夏と冬の長期休暇くらいだと思う」

「うん」

「これから話すのは、本当は誰にも言ってはいけないことだと分かってる。でも、やっぱりマリアには話しておきたいんだ……」

レオンの纏う空気が変わる。レオンはこのために、私を呼んだんだ。

「うん」

「僕はね、多分、ちゃんとしたマグノリア公爵家の子じゃない」

私は目を見張った。

「驚いた？」

レオンは苦笑しながら私に向いた。私は頷く。

「昔、噂を聞いたんだ。その時はよく分からなかったけど……調べると、両親の結婚と僕の出生の計算が合わない。……分かるかな？」

まったく分からないので、首を傾げた。

「うん、まあ、父上の子じゃないかもってこと。父上と弟は金髪で青い瞳、母上も金髪で……瞳は緑色だけど。顔もどっちにも似てないよね」

レオンの髪色は銀灰色で、瞳は透き通った紫色だ。確かに、顔はそんなに似てはいない。

それからレオンは、両親を尊敬していること、公爵家にいて良かったと思うこと、公爵家で育てられた者として恥じないよう、勉強も武術も必死にやっていることなど語った。

「それでも、僕が正統な血を継いでいないのなら、後継ぎはヴィクターがやるべきだと思うんだ」

ヴィクターが継いでくれたら、それを補佐してもいいし、僕が不要のようなら外で身を立てようと思う――と。なんでも出来るように、特に今は、自分の身や周りの人を守れるくらいの強さを身につけようとしているのだと。

あの必死の武術訓練はここからきているのだと理解した。

私は、レオンの努力と一途さと、想像を超える孤独を思った。

「マリアは泣いても可愛いよね」

「えっ、あ……」

知らずに涙が零れていたのを、レオンの指がすくう。

私はレオンに何と言ったらいいか分からなかった。ただ、彼を抱きしめたい衝動にかられた。

「ねえマリア。もしも、僕が公爵家を出たら……」

その先をレオンは言い淀んだ。私は、これだけは伝えたかった。

「もしも、レオンが私を必要としてくれるのなら、邪魔じゃなかったら、どこまでもついていく。力になれるように、色んなこと、出来るようになる」

私で良ければ、今のように話を聞くことくらいは出来る。ご飯の用意から身の周りのことも完璧にこなせるようになって、侍女スキルも上げて他所でも雇ってもらえるようになるのだ。

あの日、素性の知れない私を救ってくれたのも、日々を過ごすなかで支えてくれたのもレオンだ。返しきれない恩がある。

私はこの気持ちが届くようにと真剣にレオンを見つめた。すると、張りつめていたレオンの表情が、ふっと緩んだ。

「……ありがと」

レオンは視線を夜空に戻し、今度は軽い口調で言う。

「この調子だったら、王都の騎士くらいなれそうだよ。そしたらマリア一人くらい余裕で養えるから、安心してよ」

「えっ！　むしろ、私がレオンを養うくらいじゃなきゃ」

「えー……なんでそうなるの」

不服みたいだ。なのに嬉しそうだった。

「そう、マリアに渡したいものがあって」

と、レオンが小さな箱を取り出した。丈夫そうな黄色い紙箱に、赤いリボンが巻いてある。それを私の掌に載せた。

「開けてみて」

言われたとおり箱を開けると、雪の結晶をモチーフにした髪飾りが入っていた。金色と銀色の結晶が数個組み合わされたもので、繊細で美しい。

「えっ……これ」

「《祝福日》の贈り物だよ。貰って」

「え、だって、こんな」

「貰って欲しい。そんなに高価な物じゃないけれど」

「そんなことない！　あ、ありがとう……大切に、する」

にこりと笑ったレオンは髪飾りを手に取って、私の髪の耳元に飾った。

「うん、やっぱり似合う」

頬が熱くなっているのを感じる。それにどうしよう。私、贈り物とか用意してない。

「レオン、私も何か贈りたい」

けれど、何も持ってない。

「私に、何かあげられるものある？」

「んー？　もう貰ってるけどなあ……」

少し考えたレオンは、あっと思いついた顔をして、次いで悪いことを考えたような笑みを浮かべた。少し腰が引ける。こちらに向き直ったレオンの両手が私の両肩を摑み、引き寄せる。レオンが身を乗り出してきて、互いの匂いを感じるくらい近づいた時、額に柔らかい感触が――おでこにキスされた。

「これでいいよ」

思わず、額を手で押さえる。びっくりした。

「うわ、マリアひょっとしたら真っ赤？　夜だからよく見えないな」

絶対真っ赤だ、だってこんなに顔が熱い。心臓もうるさい。

「下向かないでよ、よく見せて」

私に顔を上げさせようとするレオンの声は笑っていて、もう暗い陰は無かった。

勝手に高鳴る心臓はおいといて、私は誓う。

必要とされなくなるその日まで、少しでもレオンの力になる。

第四章　マリア十一、前世は二十歳

レオンと祝福日を過ごした冬が終わりに近づき、春の訪れを感じ始めたこの頃。レオンは寄宿学校へ持っていく荷造りをし、武術稽古も追い込みを行っていた。相変わらず毎日傷だらけだ。

私はレオンに乞われてハンカチの刺繍をしている。向こうに何か家を思い出させてくれるものを持って行きたいらしく、それを小耳に挟んだレオノア様が「じゃあ刺繍の練習をしましょう」と誘ってくれたのだ。侍女さんの中には優秀なお針子さんがいて、丁寧に教えてくれる。優しいが一切妥協は許さないので、少しでもはみ出るとやり直し。今縫っているのはレオンに渡す本番用、家紋にも使われている薔薇の蔦と、レオンのイニシャル「L」と「M」を刺繍している。上質な白い布地に、若緑と薄緑の刺繍糸を縫い付けるシンプルなデザインにした。

寄宿学校へ経つ前日、出来上がったハンカチを渡すととても喜んでもらえた。場所はいつものサンルーム。日が沈んで間もない夜空には、上弦の月が出ていた。

「手紙を書くね」

「うん」

「あんまり無理しないでね」

「レオンもだよ」

「うん、ありがと」

二人とも星を眺めながら黙り込んでしまう。

「当分、一緒にお昼ご飯食べられないね」

「レオンの行く寄宿学校では、焼きそばとかお好み焼きあるかな？」

「うーん、貴族の子ばかり集まるから、多分ないかな」

「美味しいのにね」

再び沈黙。

こうやってサンルームでまた一緒に過ごせるのも、当分先のことになる。眠れない夜に、レオンが隣にいてくれることもない。レオンの隣にいたい時に、いることも出来ない。

せっかくの夜なのに、しんみりそんなことばかり考えてしまう。そんな時、レオンが立ち上がり、私の正面の床に片足を付いて跪いた。

「マリア、僕と踊ってくれませんか？」

星空を背負い、紫水晶の目で私を見上げるレオン。絵本に出てくる王子さまみたいだった。

「はい、喜んで」

差し出された手を取って、二人でゆっくり踊りだす。離れては近づくステップ、思うままにくるりとターン、強引に引き寄せられて、ふわりと体が浮くリフト。

「ダンスが下手にならないよう気を付けるよ」

「そうなったらまた一緒に練習しよう？」

笑いながらくるくる回った。

お別れの夜はそうやって過ぎた。


レオンは寄宿学校へ行き、十一歳になる私は変わらない毎日を過ごしている。寄宿学校は十三歳から十五歳の少年が通うもので、部屋は二人部屋だそうだ。ルームメイトのケビンは明るく活発で、誰とでも仲良くなれるタイプの人らしく、今のところ上手くやっていると手紙に書いていた。

「マリアちゃん～。レオン様からまた、手紙きてるよ」

「あっ、はい」

レオンは一週間に一通は手紙をくれる。なので、貰ってからすぐ返事を書くことにしている。私のほうは特に書くことがないので、いつも話題に迷う。


『マリアへ。

元気にしていますか。僕は変わらず元気です。

学校が始まって一ヵ月が経ちましたが、思っていたほどトラブルは起きてません。もっと上級生から嫌がらせされたりパシらされたりすると思ってたけれど、僕の実家がマグノリア公爵家だから気を使ってるのかな？』


そんな想像してたんだ。

『勉強のほうはどうですか。マリアのことだから、勉強も皆の手伝いも、母上の訓練だって頑張っているのだと思いますが、程々にして下さい』

訓練……レオンから見てもやっぱりあれは訓練……。

『そうだ、学校でも剣の授業があります（でも残念ながら格闘術とかはありません）。どうやら剣術の成績が、学内の権力と大いに結びついているようです。俺は取っ組み合いの喧嘩が強いのだと豪語するやつもいます。もちろん学力も大事だけどね』

剣術ならばレオンはとても強いのでは。

『夏季休暇にはそちらに帰れそうです。ゴードンやロイにまた鍛えてもらおうかな。マリアも護身術を習ったらいいかもしれません。マリアはそういうの好きそう。

レオン』

『レオン様へ。
お忙しい中お手紙ありがとうございます。私も変わらず元気です。
季節の変わり目ですが、レオン様は体調を崩されていませんか？

学校では剣術の授業があるのですね！　きっとレオン様はご学友の中でもお強いのだと思います。この前ゴードンさんが大層褒めていました。素手での喧嘩も強いはずだと言っていましたが、その実力を発揮しなくていいように願っています。

私は最近、タルト作りにハマっています。今日はダンさんと植えた苺を収穫して、アンさんと苺タルトを焼いてみました。アンさんはお菓子を作るのが上手です。私が作ったものをレオン様に食べてもらえるよう、夏までに練習します。

護身術ですが、確かに面白そうです。

マリア』

「なあレオン、何読んでんの？」

「手紙」

「なんでそんなニヤついてんの？　ちょっと気持ち悪い」

「うるさい」

赤みがかった茶色の髪の少年・ケビンは、ルームメイトの元へ定期的に届けられる手紙に興味津々だった。

ヴィクター様も九歳になった。ダンス練習のお相手は続いているが、どんどん上達されている。

マシアス先生による私自身の勉強も継続中だ。

アンさんやミランダさんとお菓子を作ることや、掃除の仕事も増えた。ダンさんとは裏庭で小さな菜園を作っている。

毎日そうやって過ごすのは楽しかったが、レオンのいない日常は確かに寂しかった。

夜、一人サンルームへ行って月を眺めることが増えた。

レオンもこの月を見ているのかな。


そうして夏が来た。

「マリアちゃん、なんだか楽しそうだね」

「えっ、そうですか？」

クリームを流し入れたタルトに薄切りしたレモンを載せていく。気分が上がっていたのか、横にいるアンさんにそう言われた。少し恥ずかしい。

「今日帰ってくるもんね、レオン様」

「はい。手紙でタルト食べてもらうって約束したんです」

レモンを飾り終え、あとは冷やしておくだけである。

アンさん監修でレモンタルトを作り終え、玄関ホールの掃除を手伝ったあと、大広間でダンスの練習だ。着いた時には、マシアス先生とヴィクター様はすでに来ていて新しいステップを習っていた。私が苦戦したワルツだ。懐かしい。

マシアス先生の手拍子で、ゆっくりとステップを踏む。ヴィクター様は間違えて私の足を何度か踏んだが、体が軽いのでそう痛くない。

「ご、ごめんねマリア。何度も踏んじゃって……」

「全然大丈夫です。このステップ難しいですよね、私覚えるのに時間がかかったことをよく覚えています」

ヴィクター様と踊るのに集中していたため、背後に響く足音に気付かなかった。基本の動きを一通り終えて、体が一度止まった瞬間、後ろから誰かに腕を引かれた。よろめいたところを上手く支えられ、くるりと反転しワルツの向かい合う恰好になる。

「ただいまマリア」

「レオン!?」

「あっ、兄上おかえりなさい」

レオンは慣れた様子でそのままステップを踏み出した。驚きながらも自然に体が動き、さっきまでヴィクター様と踊っていたワルツを踊る。

久しぶりに見るレオンは、少し髪が伸びて日に焼けていたけれど、その優しい目は変わっていなかった。

「おかえりなさい、レオン様。びっくりしました」

「ちょっと驚かせたくって」

ヴィクター様とマシアス先生が少し離れたところで私達を眺めている。

「兄上もマリアも上手ですね先生」

「上手ですがちょっと互いの距離が近いですからね、真似しちゃいけませんよ。普通はぶつかります」

くるくると一曲分踊り、私達は二人に向き直った。

「レオンハルト、ただ今戻りました。マシアス先生もお元気そうで良かったです。ヴィクターも勉強頑張ってるか？」

「おかえりなさいませ、レオン様。学校のほうは如何《いかが》でしたか？」

「先生の授業より簡単でしたよ」

「僕、頑張ってるよ！　兄上の学校の話、くわしく聞きたい！」

ヴィクター様も十三歳になれば寄宿学校へ行くので気になるのだろう。

「うん、またあとでゆっくりな。先生、マリア借りていっていいですか？」

そのレオンの申し出に、マシアス先生は微笑んだ。

「いいですよ。お昼ご飯もそのまま食べてはどうですか？」

「「ありがとうございます」」

二人揃って礼を言い、大広間を出る。昼食はレオンの部屋で食べることになり、私は西棟の厨房へ寄った。サンドイッチと冷やしておいたレモンタルトを切り分けて用意し、レオンの部屋へ向かう。

部屋ではレオンが荷物を開いており、服やこまごましたものを分類して、本やノートを机の上に置いていた。

「手伝おうか？」

「いいよ。それより食べよう」

日当たりの良い絨毯の上に座り、さながらピクニックのようにカツを挟んだサンドイッチを食べる。

「美味しいね。マリアとこうやって食べるの久しぶり」

「うん。アンさん監修でタルトも作ったよ。どうぞ」

「えっ、ほんと!? うん……すごい美味しい」

二人でタルトを頬張りながら、この数ヵ月のことを話す。レオンは学期末テストで一位だったらしい。すごい。剣術の試合もあったらしいが、決勝戦で負けたのだと。

「めちゃくちゃ強いやつがいる」

レオンがそこまで言うのなら、相当な腕の持ち主なのだろう。しかし、決勝までいったレオンもものすごく強いと思う。

それらの話を自慢ではなく単なる報告のように話すので、レオンはすごい人なのだと再認識した。当たり前のように傍にいてくれたが、多分きっと、本来ならこんな近くにいられる人じゃない……。

ずっと一緒に話していたいが、とりあえずお昼休憩を終えることにする。レオンはこのまま荷物の片づけをするそうだ。

私はふと、床に落ちた本を手に取った。数学の教科書のようだ。表紙に書いてある数式に、引き寄せられるように目がいく。ぱらりとページをめくると、演習問題のページだった。

《問1　以下を因数分解すること
1）$x^2+10x+25$　　……》

「答えは、$(x+5)^2$……」

数字を見た途端、頭が勝手に計算して瞬時に答えをはじき出した。

因数分解！

そのとき、頭の奥で何かがバチンと鳴った。続いて、洪水の如く膨大な情報が頭の中に流れ込んでくる。意識がのみこまれ、頭がパンクしそうだ。視界が白く薄れていく、頭が焼き切れそうに熱い。

倒れる瞬間、うっすらと開いた瞼の向こうに、私の名前を叫んでいる美少年が見えた。

マグノリア公爵家のレオンハルト、容姿端麗、成績優秀、瞳は紫水晶のよう。目尻は垂れて甘いマスクの好青年。

うああ、なんてこと。

目が覚めると辺りは真っ暗だった。横たわっているのは自室のベッドのようで、闇に慣れてきた目が見慣れた家具を映す。ベッドの脇に、つっぷして眠っているアンさんがいた。

「アンさん……」

看病のために傍にいてくれたのだろう。感謝の気持ちが込み上げてくる。私はアンさんの肩をそっと揺すり、起こした。

「アンさん、ありがとう。私はもう大丈夫です」

「……マリアちゃん!? 起きたの？ あっ私寝てた!?」

私はにっこり笑って首を振る。

「大丈夫？ 突然倒れたって……でも、お医者様はどこにも異常はないって言うし、でも心配で。レオン様もずっとここにいるって言ってたんだけど、無理矢理部屋に返したの」

お医者様も呼んでくれたのか。本当に迷惑をおかけしてしまった。

「大丈夫です、アンさん。なんで倒れたのかは分からないけど、どこも気分悪くないし、元気です。ご迷惑をおかけして、すみません」

「ほんとに大丈夫？ いきなり倒れたんだよ？」

「はい、大丈夫です。遅くまでありがとうございます。もう平気です」

アンさんは心配そうにしながら自室に帰っていった。本当に申し訳ない。

部屋に一人きりになってから、大きくため息をついた。

「まさか……まさかだよ」

さっき頭に流れ込んできたのはある女性の記憶だった。眠りから覚めた今、驚くほどすっきりしている。

前世の記憶というのだろう。私は柚木葉子《ゆずきようこ》としての一生を思い出した。

柚木葉子は理学部数学科に通う大学三年生で、高校教師を目指していた。あれは夏休み、実家に戻った私は母に頼まれ、車で祖母の家に荷物を届けに行き、事故に遭った。最後の記憶は、高速道路で前のトラックの荷台にある鉄のような物が突然浮いて――頭が痛くなってきた。これ以上は思い出せない。きっと即死だったのだろう。家族の皆は、あの後どうしたんだろうか――いや、それを考えるのは今度にしよう。

それにしても、この世界はいったい何なのだろう。車や冷蔵庫もないし、文化レベルとしてはあの時代より遅れているのは確かだ。リンカーランド国という国名にも覚えがない、が……レオンについては記憶があるのだ。

前世で妹がやっていた乙女ゲーム「イケメン学園パラダイス」のキャラクターに酷似している。世界観も、中途半端に日本の食文化が混じっているところも同じだ。

妹は乙女ゲームが好きなオタクで、数々のゲームを攻略していた。ファンタジーが入っているものが多い中、普通そうでおかしなタイトルが私の目を引いた。

『イケメン学園パラダイス？　おもしろいのコレ』

『あんまり突飛な設定ばっかやってると、そういう王道に戻りたくなるのよお姉ちゃん』

『へええ、そういうもん』

『お姉ちゃんもやる？』

『遠慮しとく。あんたがやってるの見てるわ』

主人公は十六歳の女の子で、平民だが成績優秀で王都の高等学院に奨学生として入学する。そして、そこで出会う貴族のお坊ちゃまや先生とか王子様と恋仲になる話。生死に係わることが起こったり、王国転覆の陰謀に巻き込まれたり、そういったハラハラな展開はなく、ただ恋愛を楽しむゲームで、箸休めの胸キュンにちょうどいいと高評価だった。何よりエンディング後のファンサービスが多めで妹が喜んでいた。

『今は誰を攻略してるの？』

『んーっとねぇ、レオンっていう上級生の生徒会長。何もかも完璧にこなすイケメンなんだけど、自分は公爵家の実子じゃないのではと悩んでる感じ。それをどう支えるかが攻略のポイントっぽい』

『ふうん。重いね』

『レオンはエンディング後、すっごい甘々ストーリーがあるんだって〜。楽しみ〜』

以上、回想終わり。

うん、ここ乙女ゲーの世界じゃね？　信じ難いけど、類似点が多すぎる。

ならば私は誰なのか。うん、間違いなくモブですね。

ふとそこで、柚木葉子としての人格が入ってきても、既に私の中ではこれまで過ごしたマリアの人格が主軸になっていることに気付く。前世の家族や友人への郷愁は抑えきれないが、マリアとして過ごした日々がちゃんと根っこにある。そのことに少し安心している。それは公爵家の皆様や、アンさんミランダさんをはじめ屋敷の皆と、何よりレオンの存在のおかげだ。

あの日、道端で倒れていた私はなんと幸運だったのだろう。本来なら酷い末路を辿っていてもおかしくない。記憶のない私に良くしてくれた皆に、再度感謝する。

姿見で自分の外見を確認する。前世と変わりない黒髪。黒い瞳はアーモンド型で、陶磁器のような白い肌。華奢な骨格に、鼻が整っている小さめの顔。日本人だ。……菓子の時の顔に雰囲気は似ているが、幾分補正されている。ありがとう神様。

思えば、拾われた時の服装は子どもの頃着ていたものと似ている気がする。言葉に違和感があったのも、こういうことなのかもしれない。前世を基準に考えれば、この国の言語は英語とフランス語が混じったような感じだ。


ひと通り状況は確認できた。

そして決めた。

この世界で、ヒロインと結ばれるのはレオンだ。

私はレオンのために、モブとして全力を尽くす。


翌朝、目を開けるとレオンがベッドの傍にいた。改めて見て、ゲーム画面より幼くてもレオンはイケメンだった。心臓に悪い。

「おはようマリア。昨日、一度目を覚ましたって聞いたけど、大丈夫？」

「大丈夫です。レオン様。もう元気ですよ！　心配をかけてすみません」

「レオン、様？　今は二人っきりだから敬語はやめてよ」

レオンが甘えた声で言う。十三歳なのにどうしてこんなに色気があるんだろう。正直日本じゃありえない。そう言えばゲームの中のレオンは十八歳にして、抜群の色気の持ち主だった。だからか。だからですか。

「あっ、うん、ごめん」

これまでは敬語も使ってなかったが、いつか切り替えなければならないと思う。主人と使用人としての線引きだ。でも今は許してくれそうにないし……。

「今日は一緒に朝ごはん食べよう？　ここに持ってくるからちょっと待ってて」

「そんな、いいよ。動けるから大丈夫だよ」

「駄目。もう用意もしてあるし」

レオンは部屋に持ってきたらしいカートを引っ張ってきた。土鍋とお椀が用意されている。蓋を開けると良い匂いがした。そう言えば、昨日のお昼から食べていない。自覚すると、お腹がぐぅと鳴った。レオンがお椀によそってくれたのは、葱を散らした鶏ささ身の卵粥。

「ありがと……」

柔らかい食感で喉ごしが良く、鶏の旨味がしみこんでいて美味しい。レオンも隣で同じ物を食べている。

「今日はお手伝いも勉強もやめて、ゆっくりしよう。僕もちょっと疲れてるから、休日に一緒に付き合ってくれると嬉しいんだけど」

きっとすでにそう話を通してくれているのだろう。それでいて私の罪悪感を和らげる理由を付けてくれているのだ。

「うん……ありがとう。でも、ほんとにもう体は大丈夫だよ」

「……ほんとに心配したんだよ、マリア」

レオンにそんな顔をされるとぎゅっと苦しくなる。

「……うん。ごめんね」

こんなに優しいレオンは、幸せにならなきゃ駄目だ。だから、この世界での幸せ＝ヒロインとのグッドエンディングを迎えて欲しい。他にもイケメン攻略キャラがいるはずだが、レオンからするとライバルキャラになる。どうすればいいのだろう——ライバルキャラのフラグを折りたくても、モブの私が登場できる隙間はない。そもそも王都の高等学院に行く筈もない……バイトとか募集してないかな、それで潜り込めるかもしれない。あれ、待てよ。潜り込んだところで、ちゃんとゲームをしてないからフラグが分からない。そもそもレオンの攻略フラグも分からないんだった！　ああ！　もっとちゃんと興味を持っていれば！　悔やまれる！

「マリア？」

でもとりあえずヒロインとお近づきになるのは必須である。街に繰り出してヒロインちゃんを探す？　ううん、確率が低すぎる。そもそも今の年齢のヒロインの顔が分からない。やっぱり高等学院に乗り込まないと、レオンの力にはなれそうにないな……。

「マリア！」

「はっ」

少し考え込んでしまっていた。レオンが心配そうな目でこちらを見ている。

「ちょっと考え事をしてました」

「本当？　無理は絶対しちゃ駄目だよ」

こくこくと頷きながら、お粥をどんどん食べた。これだけ食べたら元気だと分かるだろう。

「そういえばね、少し気になったんだけど……」

レオンが探るような目になったので、まさか、何か気付かれたんじゃないかとヒヤリとする。レオンがカートの下から取り出したのは、数学の教科書だった。

「昨日、これを見て答えを言った気がするんだ。ねえマリア、もしかして数学分かるの？」

咄嗟に返答するかとぼけるか迷った。昨日見た問題は因数分解の基礎だ。前世では中学校での学習範囲だったと思う。レオンもまだ履修していないのかもしれない。それを私が分かっているというのは、おかしい。

「マリア、ほんとのこと言って？」

躊躇《ためら》った末、私は頷いた。レオンに嘘はつきたくない。

「解ける……数学は、解けるみたい」

「ほんと!?」

なんてったって前世は数学科なのだ。学部、女子少なかったなあ……ほんとに……。

レオンは嬉しそうにして、「マシアス先生に……いや、父上に言わないと！」と興奮していた。待って、そんな大事《おおごと》になるの？　目をおろおろとさせた私に、レオンは張り切ってこう言った。

「マリアは学院に行くべきだよ！」

朝ごはんを食べ終え、レオンは部屋を飛び出していった。私はいそいそと着替える。不気味に思われたりしないのかな……だって、単純な計算でもなく因数分解だよ？　まず因数分解の意味から何故知っているのか、となりそうだ。

レオンにはゆっくりしようと言われたけれど、元気なことをアンさん達に伝えようと西棟の食堂へ行った。そこには早朝の草木の手入れをし終わったダンさんだけがいたので、報告する。

「無理すんなよ」

「はい」

「……なんかお前、顔つき変わったな」

ドキリとした。

「おかしいですか……？」

「いいや、なんだかスッキリしたというか、大人びたな。別におかしくねえよ」

するどい。

「秋冬野菜の計画、また立てような」

頭をぐりぐりと撫でられた。ダンさんなりの愛情表現だと知っているので嬉しい。

食堂を出て玄関ホールに向かうと、マシアス先生と出くわした。

「マリアさん、探していたんですよ。さあ行きましょう」

笑顔のマシアス先生に有無を言わさず手を引かれ、自室へ戻ると机の上に沢山の本と紙が用意されていた。もしかして。

「レオン様から、マリアに数学の才能があると伺いました。今から測定します。頑張って下さいね」

積まれている本の冊数を見てひいた。

「ああ、これ全部やれって言うんじゃないですよ。ここから僕が指定した問題を解いていって下さい」

ほっとした。

と、思ったのが間違いだった。

それからぶっ続けで数学の問題を解かされたのだ。確かに数学科で数学ばっかりやっていたけど、こんなにブランクを挟んでいるのに中学校からおそらく大学の範囲までやり続けるのはしんどかった。

二次関数をすぐさま解いた時、「えっ、もう!?」と驚いたマシアス先生ははしゃぎ始めた。意地の悪い確率や、三角関数、微分積分、複素数平面、極限……大学の入試範囲の問題やらせてるよね？これ絶対そうよね？「これは？これは？」と、楽しそうなマシアス先生が時間を忘れていたおかげで、いつの間にかお昼ご飯の時間になっていた。私はぐったりである。

お昼ご飯だよ、と私を解放してくれたのはレオンだった。ありがとう、本当にありがとう。

「えっ、もうそんな時間でしたか。すみませんマリア、病み上がりなのに」

「いえ、ありがとうございました」

「レオン様、仰る通りマリアには数学の才能があります。天才です」

確信を持って告げるマシアス先生に、すごく申し訳なく思った。天才なんかじゃないんです、これはチートです。大学受験だってかなり勉強したもの。正直、受験生の時なんか全然楽しくなかったよ。数学科に行ったのも、数学以外出来なかったから。そして数学科に入って、大多数の学生の例に漏れず落ちこぼれた。天才というのは、あそこで出会ったような希少な人のことを言うのだ……そもそも住む世界が違っていた。そして私は教職を取ろうと決めたのだ。

「マリア、やっぱり無理してる？」

思わず遠い目をしていたのか、レオンが心配そうにこちらを見ていた。首をぶんぶんと横に振って否定する。

「数学なら専修大学院レベルですよ。高等学院に行ったほうがマリアのためになると思います」

「父上は来週こっちに来るんだって。その時話そうと思うから、先生からもお願い」

「はい、ご一緒します」

いつの間にか、私が高等学院に通う方向で話が進められていた。アンさん達のように、だいたいの人は十五歳で中等学校を卒業すると働き始める。高等学院に行くのは貴族か、特に優秀な者だけ。

「私が高等学院ですか!?」

「マリア、僕はね、素質のある者はそれ相応の教育を受けるべきだと思っています。そうして実力をさらに伸ばし、皆の役に立てるんですよ。義務だと思いなさい」

「義務!?」

「僕も高等学院に行く予定だからさ、行こうよマリア」

ふと考えた。

これは、願ってもないチャンスなのでは？　ゲームでのヒロインは、入学して上級生のレオンと出会う。生徒会長ってことは三年生……ヒロインは一年生……私と同い年のはず！　私はヒロインちゃんとお近づきになり、レオンENDを後押しするのだ。

それに高等学院に行くことは、出来ることや可能性を広げ、マグノリア公爵家への恩返しに繋がる！　なんて一挙両得！

「行きます！　行きたいです！」


翌週、公爵家当主ブラッド様にも「是非、高等学院に行くように」とお許しを頂いた。勉強は相変わらずマシアス先生がみてくれている。ただ、学校生活に慣れるために十三歳になったら街の中等学校へ通うことになった。

レオンの夏季休暇の間は、以前より一緒に過ごす時間が増えた。お昼ご飯は勿論、ダンさんと庭仕事をしている時も一緒だった。「手伝うよ」と言ったレオンに、遠慮もなくガシガシ手伝わせるダンさんはさすがだと思った。それに加えて、レオンはゴードンさんやロイさんから、熱心に武術の稽古を受けていた。


秋。レオンは寄宿学校へ戻り、私はマシアス先生が出す課題の多さにびっくりした。

「高等学院へ行くまでに、最大限学力を伸ばしましょうね」

にっこりと笑う先生に身震いした。受験生時代を思い出す。

もう一つ変わったことは、レオノア様によるマナー指導がどう考えても淑女レッスンになっていることだ。どうして私が、〈貴族の子女のいなし方〜遠まわしな嫌がらせを受けた場合〉を学んでいるのだろう。〈身分の高い殿方からの、上手な逃げ方〉だってそうだ。

「高等学院に行くんですもの、必要よマリアちゃん」

「そうなのですか……？」

「そうだわ、護身術も覚えましょう。あ、お辞儀の姿勢が悪いわよ、もう一度」

「はいレオノア様！」

護身術はゴードンさんが教えてくれるらしい。

そしてやって来た冬の《祝福日》。今年もダンさんと新しいランタンを作った。去年よりバージョンアップさせ、色ガラスで花模様をかたどってみた。灯した時がまたきれいだったので、二人とも満足だ。

「なかなかいいな。来年はもっと色んな模様を作るか」

「ダンってほんと器用だよね」

完成品を見たアンさんがしみじみ言った。

食堂では恒例の宴会が始まった。アンさんは基本的に食べてばかりだが、ちらちらとダンさんの方を気にしている。ダンさんもお酒に夢中になっているようでいて、時折アンさんの方を盗み見ている。それでもお互いの目が合うことがないのがすごい。ミランダさんが楽しみにしていたのは、この二人のことだったんだな……。

ミランダさんはというと、若い男女が集まるグループでお酒を飲んでいる。隣にいるのはゴードンさん。ゴードンさんは、藍色の髪を襟足長めに切って、切れ長で茶色の瞳をへらりとさせているイケメンだ。しかし、へらへらしているのはポーズで、実際は相当な剣の腕前を持ち、護衛としてもピカイチだそうだ。正直なところ、そうは見えない。

デザートを運び終えると、頃合いを見計らって私は食堂を出た。今年もレオンとサンルームで会う約束をしている。

サンルームに入ると、用意されていたランタンは灯っていたが、まだレオンは来ていなかった。先にソファに座ってレオンを待つ。夜空を見上げると、今日は新月のようで星がよく見えた。

「マリア？　もう来てたんだね」

両手にグラスとボトルを抱えたレオンが部屋に入ってきた。グラスを受け取り、二人で用意する。去年と同じように乾杯をし、隣り合ってソファに座る。一息ついたところで、私は用意していたものを取り出した。

「レオン、これ貰って下さい」

手に取ったのは、紺地の布に銀色の糸で刺繍をしたものだ。薔薇の蔦で四辺を縁取り、同じく蔦でマグノリア公爵家家紋を真似た意匠を四隅に縫い付けてある。盾の形を薔薇の蔦で縁取り、その中に獅子と剣を表現しているのが本来の家紋だが、勝手に縫い付けることなど出来ないので、それっぽくしてみた。布地は大きく、イメージは風呂敷だ。

「こんなもので悪いけど……荷物詰める時の仕分けとか、何かまとめる時とかに使ってもらえれば、嬉しいな」

私の財力で何が贈れるか迷いに迷い、出た結論がこれだ。なんというセンスの無さ。ただ刺繍に時間だけはかけた。薔薇の蔦ならもうお手の物だ。むしろそれ以外縫えない。

「これ、マリアが作ってくれたの？」

レオンが布をじぃっと見ながら言った。

「うん……や、やっぱり変？」

「そんなことない！　嬉しいよ、すごく嬉しい」

レオンが本心で言ってくれているのが分かったので、ほっとした。

「僕も貰って欲しいものがあって……」

レオンが取り出したのはラッピングされた箱。両手に収まる大きさだが、手にとるとそこそこの質量がある。勧められて中を開けると、陶器で出来た可愛らしいウサギが台座に乗っていた。

「下がネジになってるんだ。ここをこう回して……」

台座に乗ったウサギが回転を始め、ぽろんとした音色で音楽が流れだす。

「オルゴールだよ。このウサギがマリアに似てるなぁって思ったら買っちゃった」

「き、ら、き、ら、ひ、か、る……」

きらきら星だ。オルゴール特有の優しい音色。酷く懐かしい気持ちになって、目が潤む。前いた世界と今いる世界はつながっている……。

「ま、マリア？」

いきなり涙をこぼす私にレオンが焦った。

「ごめん、なんだか、急に懐かしくなっちゃって……すごく嬉しい。宝物にします」

オルゴールを壊さないようにそっと傍らに置き、ソファを降りてレオンの正面に立つ。

「レオン、踊って下さいませんか？」

元気よく両手を差し出せば、レオンはその手をぎゅっと握り返した。

「僕で良ければ、喜んで」

第五章 マリア、一人の夜

毎日があっという間に過ぎていく。私は十二歳になり、レオンは十四歳で二年生に進級した。

屋敷の周りは新緑に包まれ、爽やかな風が吹き抜けるこの季節。護衛を兼ねる従僕の皆が訓練に使う一角で、私はゴードンさんに受け身を叩き込まれている。「基本中の基本だが、いつ何時、四方八方どこからでも反応出来るように体に叩き込むぞ」とスパルタだった。

休憩を取ってゴードンさんと二人で水を飲む。生き返る心地だ。

「なあマリア。お前、ミランダと仲いいよな」

「はい、仲良くしてもらっています」

「俺が言ったって絶対言うなよ？　俺はお前の師匠なんだからな、師匠の言うことは絶対だ」

「はあ」

「……ミランダって彼氏とかいんの？」

「……今のところ聞いたことはないですけど」

「そうか」

どことなくホッとしているゴードンさん。いつもへらりとしているから軟派な人かと思っていたけど、思い違いかもしれない。

「ミランダさんが好きなんですか？」

「おまっ、直球だな……」

「ミランダさんきれいですもんね。スタイルも良いし」

「別に体目当てじゃないからな！　マジで！」

そこまで言ってねーよ。

「んー……師匠は、私にミランダさんの恋愛関係を探って欲しいのですか？」

試しに師匠と呼んでみると、「その響きいいな！」と喜んだので、これからはそう呼ぶことにする。

「いや、別にそこまで頼まねえよ。まあ、たまに、様子を教えてくれると助かるけど……」

そう言って、私にちらっと視線を寄越す。

思ってたよりヘタレなんだなこの人。

「いいですよ。師匠のこと軟派な人かと思ってたんですが、ほんとは奥手なんですね」

「……俺、軟派に見える？」

「はい。おそらく、他の皆さんからも」

「率直に言うようになったなお前……」


春が過ぎ夏が過ぎ、秋に入った頃。とある手紙が届いた。

「マリアちゃん、なんだか手紙二通来てるよ。一通はレオン様からだけど」

夕食時、アンさんが渡してくれた手紙は確かに二通あった。ミランダさんが身を乗り出す。

「えー？　誰から誰からー？」

「私、手紙が来るような知り合いはいないはずですけど……」

差出人の名前には『ケビン・ロースベリー』とある。基本は整っているが、ところどころ元気よく撥《は》ねている字だ。それを見てミランダさんが言う。

「ん？　ロースベリーって伯爵家じゃない？」

「マリアちゃん知り合いなの？」

「ううん。でも確か、レオン様のルームメイトの方だったと思います」

「ふーん。ルームメイト様が一体何なんだろうね」

なんだか面白そうだわぁとミランダさんが目を光らせたのを、アンさんが「マリアちゃん、部屋でゆっくり読みなよ」と牽制してくれた。

手紙が気になったので、いそいそと部屋へ戻る。まずレオンの手紙から読もう。


『マリアへ。

風が涼しくなってきて、もう秋ですね。今年も焚き火はするのですか？

この前、夏季休暇で帰省したばかりなのに、もう冬季休暇が待ち遠しいです。でも学校が嫌という理由じゃないから安心して下さい。

先日、秋恒例の選抜剣術試合が行われました。決勝戦まで上がれたのですが、やっぱりあいつには勝てず、二位という結果です。あいつ本当にめちゃめちゃ強い。

これは書こうかどうか迷ったんですが……。その試合後、上級生と少しトラブルになりました。

でも加減したし、無傷だから安心してね。こういうトラブルは避けたかったんだけどな……と、今少し後悔しています。

なんだかマリアに会いたくなってきました。僕もまだまだですね。

レオン』

……大丈夫なのかな。トラブルってなんだろう。

もう一通のケビン・ロースベリー様からの手紙を開く。

『まだ見ぬマリアさんへ。

こんにちは。突然の手紙で驚いたと思います。寮母さんにお願いして、レオンの手紙と一緒に送ってもらいました。僕はケビン・ロースベリーと言います。一応、ロースベリー伯爵家の長男です。知ってる?

レオンに聞いたことがあるかもしれないけど、レオンのルームメイトです。僕はルームメイトがレオンで良かったって思ってるよ、心から！

今回、いきなり手紙を送ったのは、きみに聞いて欲しいことがあったから！　誰かに言いたいんだけど言う奴いないしさ。あっ、この手紙送ったってこと、レオンには秘密にしてくれると助かります。

この前、学校で剣術試合があったんだけど、それは一年生から三年生の中で優秀な生徒が選抜されて行うものなんだ。僕は選抜されなかったけど、レオンは見事選ばれました。で、決勝は二年生同士の対戦になって、まあレオンは負けたんだけどそれでも二位！　これ、かなりすごいことだから。優勝した奴はちょっともう化け物じみた強さでね、リンカーランド国でもおそらく随一の剣士になるであろう奴です。レオンがすごいのは、剣術だけじゃなくて成績優秀ってことです。あいつなんであんな頭いいの？　それであの顔でしょ？　公爵家でしょ？　そこで、前からレオンを妬んでた上級生が、悪戯をしかけようとしたんだ。でもレオンって隙がないから上手くいかない。それでさーあろうことかさー最悪のことしたんだよね……。

手紙が来る日、普段あまり微笑まないレオンがすっげー嬉しそうにしてんの。一年の時から毎週だから、見てる奴は分かるんだよね。もちろん、マリアさんからの手紙だよ。んで、上級生がマリアさんからの手紙を……本人に渡る前に、寮母さんの部屋から持って行ったんだよな』

まじか。念のため、誰が読んでも問題ない内容にしていて良かった。

『いやもう、よりによって……って感じだけど、僕的には。それに気付いたレオンが、上級生の部屋に乗り込んで……いや、最初は平和的解決しようとしてたよ？　笑顔がすっげー怖かったけど。なんであの先輩方はそれに気付かないのか不思議でしょうがなかったよ。普段ムキになることが無かったレオンが、こうも反応してくれて嬉しかった馬鹿……じゃなかった先輩方は、きみの手紙を音読し始めたんだよね』

やめて。

『内容はきみの知っての通り、微笑ましい日常だったけど、まあもうレオンの顔が怖かったよね。しかも先輩方が調子に乗って「返して欲しかったら素手で勝負するか？　秀才のレオン君」って煽ってしまって……うん、レオンがあんなに喧嘩が強いなんて思わなかったよ。っていうか、なんであんなに闘い慣れてるの？　公爵家って特別な教育でもしてるの？　レオンは自分は無傷で四人を投げ飛ばしてました。絶対こいつの敵にはなるまいって思ったよ……。

マリアさんも大変だね！

あ、返事は書かなくていいからね！　レオンに見つかったら怖いから。マリアさんも高等学院に行く予定だと聞いたよ。会える日を楽しみにしています。

きみを応援する、ケビン・ロースベリーより』

トラブルってこういうこと……。アンさん達には言えない。

それにしてもレオン……私の手紙なんて一回ぐらい読まなくても大丈夫なのに。

一年で一番夜が長い日、《祝祭日》。

私とダンさんは、去年よりも複雑な模様で作ったランタンに明かりを灯していった。

「マリア、相談……と言うより計画がある」

「なんですか？」

「俺が作った秘密基地、あれもう小さいだろ」

「確かに少し小さくなったけど……」

ダンさんが作ってくれた大切な場所だ。

「よって、作り直そうと思う」

「！」

「今度は、大人用の。っつーか、ログハウス作りたい」

「!!」

「お前、数学が出来るんだろ？　一緒に設計して、建てようぜ」

ダンさんの提案に私は胸が躍った。そんな楽しそうな計画、断る訳がない。

「つ、作りたいです！」

「目標はこれから二年間で建て終えること。設計してから資材発注するぞ。計算は全部頼んだ、マリア」

「頑張ります！」

頭の中ではすでに明日から建築の勉強を始めようと意気込んでいる。図書室に行けば参考書があると思う。だってあそこなんでもあるもん。

それを横で聞いていたアンさんが挙手した。

「ダン！　私も手伝いたい」

「よし、アンも参加」

「っていうかさー。あんたは何処行こうとしてんのよ……」

ミランダさんが呆れ顔で呟く。

「ちなみにマリア。大事なことがある」

「はい、なんでしょう」

「この計画は、レオン様には絶対言うな。出来上がっても言うな。俺達だけの秘密」

「えっ」

「！　そうだね、私達だけの秘密にしよう」

「それなら私も手伝うわ」

「うん、ミランダも参加。これで男手も借りられそうだな」

私の返事を待つように、三人の目がこちらを見つめる。

「分かりました。絶対内緒にします」

レオンには内緒のログハウス建築計画が発動した。


《祝福日》の夕食後、サンルームでレオンと過ごすのが恒例となってきている。

贈り物は迷った末、刺繍入りのブックカバーにすることにした。お決まりの薔薇の蔦と、家紋を模した意匠を刺した。レオンからは、ステンドガラスで作られた小物入れを貰った。ただ置いておくだけできれいだ。以前貰った髪飾りを入れることにする。

ダンスで向かい合うと、レオンの顔はもう見上げる高さにあった。

「この数ヵ月でまた身長伸びた？」

「うーんそうかも。体の節々が痛いし」

少年らしい丸みを帯びた輪郭も、帰省の度に青年のシャープなものへと変わっていっている。表情もあどけなさが無くなっていた。月明かりで照らされた横顔は、以前に増して美しい。

レオンが大人になっていく。


季節は巡りまた春が来て、十三歳になる私は街の中等学校へ通い始めた。と言っても、週に三日の午前中のみで、マシアス先生に教わる授業はなお継続している。

レオンも寄宿学校での最高学年に進級し、今年度で卒業となる。

『マリアへ
元気にしていますか？　僕は最高学年ゆえの解放感を楽しんでいます。別に先輩方が嫌いとかじゃないんだけどね、これは存外気が楽です。
ルームメイトも変わらずケビンです。もう二年も一緒の部屋だと気心が知れてます。ケビンの弟が新入生として入ってきたので、たまに部屋に遊びに来ます。兄弟二人並ぶと雰囲気がよく似ています。マリアと同い年になりますね。
マリアは街の中等学校に通い始めたんですね。そちらではどうですか。変なちょっかい出してくる男子とかいませんか。マリアは可愛いので僕は心配です。護身術や技をかける時は思い切りやることが大事です。ちょっとやそっとじゃ人は死にません。安心して全力でやるように。

レオン』

『レオン様へ
お元気ですか？　学校生活が楽しそうで良かったです。
私は変わらず元気に毎日を過ごしています。中等学校は新鮮で、色んな人と出会えて楽しいです。皆よくしてくれます。この前クラスメイトに、街で評判のクレープを食べに連れてってもらいました。露店で売ってるのですが、これがまた美味しかったです。
護身術ですが、ゴードンさんの訓練頑張っていますよ！　思い切りやるのは躊躇いそうですが、もしもそのような事態になったら、レオン様の忠告通りに致しますね。

マリア』

「クレープ……」

「どうした？」

「ケビン、王都で評判のクレープ屋って、だいたい客は女子だよね」

「まあ、だいたいはそうだと思うけど」

「でも特定の女子に好意を持ってる男子が、その子を口説く口実として連れてく場所でもあるのかな」

「まあ、それもあるだろう、けど……」

様子のおかしいレオンを見て、ケビンは言うんじゃなかったと後悔した。きっとマリアさん絡みだ。

（マリアさん！　女子と行ったんならちゃんと書いて！　男子だったら書かないで！　レオン怖いから、何か顔がすっげー暗いから！）


夏。帰省したレオンに待っていたのは、社交界デビューだった。

「とりあえず顔見せってとこかな。いつの間にか背が伸びたなあレオン。僕と同じくらいじゃないか」

「とりあえず父上を超えるのが目標でしたので、良かったです」

「私の息子ながら、そこそこ格好良く育ったわねえ。マリアちゃんもそう思わない？」

「つ、はい。格好いいと思います」

お見送りの際に突然話を振られびっくりした。

冬の帰省で会って以来、レオンはさらに身長を伸ばし体格も良くなっていた。光沢のある紺色の生地に銀色のボタンのジャケット、揃いのズボン、上品なネクタイを締め、その立ち姿はまるで王子様のようだった。

今夜向かうのは、懇意にしている者同士で開く小規模の舞踏会だそうだ。

「暑くて窮屈だけど、マリアにそう言ってもらえたなら良かったな。似合ってる？」

「勿論、お似合いです」

緩く微笑まれて、思わずドキッとした。これは……相当モテるだろう。この紫水晶の瞳で意味ありげに見つめられると、淑女は舞い上がってしまうに違いない。

ブラッド様とレオノア様は深い藍色で揃えた装いで、お二人とも年齢不詳の美しさだった。

「ヴィクター、あなたにはまだ早いのでお留守番ですよ。いずれあなたも社交界に出ますからね」

「はい母上」

「では皆、行ってくる。セドリック、後は宜しく」

「はい旦那様。行ってらっしゃいませ」

執事のセドリックさんが挨拶するのを合図に、お見送りの使用人全員で「行ってらっしゃいませ」とお辞儀する。四頭立ての馬車と、馬に乗った護衛達が出発した。

お見送りをした後、いつもより早めに夕食を摂った。サーモンのカルパッチョに、野菜を散らしたピザ、私も一緒に仕込んだトマトの冷製スープ。美味しいのに、いつもよりぼーっとしてしまう。

食器を片付け、部屋に戻って勉強でもしていよう。

しかし勉強に手を付けるも、集中が続かない。頭に浮かぶのは、目の前の数式よりも正装したレオンだった。

机の前に置いてあるオルゴールを回し、ゆっくり回るウサギを見つめる。今夜、社交界デビューしたばかりの淑女達は、レオンを前にきっと頬を染めるのだろう。そしてレオンとダンスを踊る……。

ぶるりと首を振った。何を想像してるんだ私。

その時、扉からノック音が聞こえた。

「マリアー。いるー？」

ヴィクター様の声だ。こんな時間に珍しいなと思いながら扉を開けると、彼は心配そうな顔をして立っていた。

「ヴィクター様、どうされたんですか？」

「良かったら僕と踊って欲しいんだ」

「大丈夫ですが……今からですか？」

大丈夫だと分かったヴィクター様は、私の左手を取ると駆け出した。転びそうになるので私も一緒に廊下を駆ける。珍しい、どうしたんだろう。

階段を降りて、玄関ホールと広間をつっきって大広間へ着くとようやく手を離してくれた。

「兄上が舞踏会に行ったでしょー、だから」

大広間にある蓄音機でワルツをかけたヴィクター様が、私の手を取り部屋の中央へと移動する。

高い天井に反響するワルツ、私とヴィクター様しかいない大広間は尚更広く感じた。

私と目を合わせると、ヴィクター様は優雅に一礼をした。

「僕と踊ってくれませんか、マリア」

その大人びた雰囲気にびっくりした。

「はい。ありがとうございます、ヴィクター様」

差し出された手を取って、いつもの練習通りに踊りだす。大広間には二人の少し軽めの足音と、ワルツの音楽が際立って響いた。

少し前までは私より低い身長だったヴィクター様も、今は同じくらいの目の高さにまで成長された。ブラッド様譲りの青い瞳は澄んでいて、天真爛漫といった言葉が似合う。

「僕がこんなに踊れるようになったのは、マリアのおかげだよ」

「嬉しいです。でも、それはヴィクター様の練習の賜物《たまもの》ですよ。それに私もヴィクター様のおかげでこんなに踊れるんですから」

「へへへ」

「ふふふ」

「ねぇマリア。兄上がこうやって一番踊りたい相手は、マリアだと思うよ」

「！」

「だから今日のことは内緒ね」

ばちんとウィンクするヴィクター様を見て、思わず笑みがこぼれる。

「……ありがとう。ヴィクター様は、優しいですね」

「僕は、マリアのことが好きだからね！」

「はい、私もヴィクター様のことが好きです」

勉強やダンスで一緒に過ごす時間の多いヴィクター様のことは、弟のように感じている。

二人で笑いあいながら、大広間の中心をくるくる回る。

レオンも今頃、誰かと踊っているのだろうか。

その光景を想像すると、チクリと胸が痛んだ。


レオンが寄宿学校へ戻った後の秋口。

今年の冬季休暇は最終学年恒例の居残りパーティーがあるらしく、帰省出来ないと連絡があった。

「レオン様のこと残念だな」

ブン。

「お前も本当は寂しいんだろ？」

バシッ。

「おい、無視すんなよ」

バチンッ。

右の拳を受け止められ、間合いを取って構えを直す。

「師匠は大丈夫でしょうけど、私が喋りながらやったら舌を嚙みます」

ゴードンさんからの護身術講座は、最近様子を変え徒手格闘講座になっていた。何かが間違っているような気がしないでもない。楽しいからいいけれど。

「そろそろ休憩しようや」

「はい、っ！」

いきなり、びゅんと伸びてきた右腕の突きを何とか躱《かわ》し、右足を軸に左足の回し蹴りをお見舞いする。さっき休憩って言ったのに！

「おお、よく避けられたな。上達したじゃん」

「……ありがとうございました」

訓練室の端っこに寄って、腰を下ろす。他の従僕さん達の訓練を眺めながら、水を飲んだ。

「なあ、そこんとこどうなの？　お前、レオン様とやたら仲いいじゃん。もしかして付き合ってんの？」

「……そういうこと直接聞かれたのは師匠が初めてです」

「マジ？　結構皆、気にしてると思うけどなー。で、どうなの？」

「そんなこと、ある訳ないじゃないですか」

「んー……まあ、年齢的にはまだ早いか」

ゴードンさんはまだ訝《いぶか》しんでいたが、そんなことある訳がない。どう見ても釣り合わないし、それにレオンはいずれ運命のヒロインと出会うのだ。

「それより、師匠はどうなんですか？」

「は？」

「ミランダさん」

「別にどうもこうもなってねーよ」

さっきまで人のことは楽しそうにしていたのに、自分のこととなると素っ気ない。それに何だか捨て鉢だ。……もしかして。

「……ふられたんですか？」

「フラれてねーよ」

ゴードンさんはムスっとしているが、拗ねているようにも見えた。二十五歳にしては可愛い人である。

「そろそろ行動にうつさないと、誰かにとられちゃいますよ」

「分かってんよ」

そう、ミランダさんはモテるのだ。あの可愛らしい顔とスタイル、サバサバした中身とのギャップがまた男心をくすぐるらしい。本当は彼氏いるんじゃないかと思うけど、本人はいないと言っている。

もう一人、アンさんは向日葵《ひまわり》のような人で、普段は自分の優れた容姿に無頓着のようだが、たまに見せる大人の色気のようなものが男をザワつかせるそうだ。ただ、アンさんが誰を好きなのか周囲にはバレバレで、気付いてないのはその誰かくらいらしく……そろそろ何とかなんないかな。

「今年の《祝福日》に動いてみてはどうですか？」

「それが出来たら苦労しねーっての……」

「ヘタレですねえ」

つい呆れ口調で言ってしまう。

「前から言おうと思ってたけど、お前さあ、俺とダンとの対応の差、酷くね？」

「えっ。同じな訳ないじゃないですか」

ダンさんは信頼を寄せる大事なお兄ちゃん、ゴードンさんは見た目チャラい部活の先輩である。

「……しごいてやる」


《祝福日》の夜の宴会。ゴードンさんはちゃんとミランダさんの隣をキープしていた。けれど例年同様に二人きりではなく、若い男女が寄り集まっているテーブルにいる。まあ楽しそうにしているからいいか。

「マリアちゃん残念だね、レオン様が帰って来なくて」

隣で御馳走を食べに食べているアンさんが言った。まさかアンさんからもレオンのことを言われるとは思っておらず、びっくりした。

「うん……ちょっと寂しいです」

アンさんには本音を話す。ほんの少し、ほんの少しだけ寂しい。でも、元々遠い存在の人のはずなのだ。

「レオン様も残念がってるだろうね……」

「それはないですよ。寄宿学校ももうすぐ卒業だし、お友達と楽しく過ごされていると思います」

確かに手紙ではそういったことを書いてくれていたけど、レオンは優しい人なのだ。

「うーん、どうだか」

アンさんは少し首をひねって大きなチキンに噛り付いた。その大きさでも噛り付くんだ……と内心思ったものの、勿論伏せておく。

「お前、女としてその食べ方はどうかと思うぞ」

珍しいことに、男の酒盛り集団からダンさんがこちらにやって来た。ビールジョッキを片手に持ち、私達の向かいの席に着く。アンさんは心外だという顔をした。

「チキンは噛り付くものでしょ」

アンさんの口の周りは油でべっとべとである。ダンさんは苦笑したが、その目の優しい色を見て、アンさんを可愛く思っているのだろうと感じた。この二人の気持ちが周囲にバレバレな訳である。

「マリア、今夜どうするんだ？」

ダンさんに聞かれ、きょとんとした。

「ほらお前、いつも食べ終わったらすぐ抜けてるだろ。その……今日はレオン様いないし」

「え……なんで」

いつもレオンと会っているのを何故知られているんだろう。恥ずかしさで固まった私に、アンさんが言う。

「一度、レオン様が呼びに来たでしょう？　それに、まあ、普段を見ていれば分かるっていうか……」

最後のほうは声が小さくなったのでよく聞こえなかったが、とうに知られていたことは分かった。

「気になってたんだけど、いつも何してるの？」

「えっ」

「あー……俺も気になる」

この二人に言われると誤魔化しづらい。特別なことなど何もしていない、のに、言いにくいのは何故だろう。しかしダンさんまでもが期待の目でこちらを見ている。

「特に……何もないけど、《祝福日》の贈り物をあげっこしてる」

「それだけ？」

こくりと頷く。ダンスもしているが、それはいつものことだ。変わったことと言えばそれくらい。

「うん。アンさん達は？」

途端に二人が緊張した。えっと、どういうこと。もしかして、すでに付き合っている？

「他の皆は、朝までどんちゃん騒ぎしたり、カードゲームしたり色々。途中に抜ける人たちも、いるけど、ね」

「そうそう。マリアがどうしたいか聞こうと思って、な」

ははん、この二人は一緒に抜けているんだな。けれど今年は私が寂しいかもと思って声をかけてくれたのだろう。

「まだ子どもだし、お酒も飲めないからデザート食べたら部屋に戻ります」

「そお？」

「うん、アンさんもダンさんもありがとう」

食堂を出て、部屋に戻る前にサンルームへ寄った。《祝福日》のランタンを用意する人はおらず、いつもと変わらない夜の静寂に満ちている。月の光が差し込み、部屋は青白く発光していた。

定位置となった窓際のソファに座り、ガラス越しに夜空を見上げる。今年は隣にレオンがいない。

「きーらーきーらーひーかーるー、おーそーらーのーほーしーよ……」

小さな歌声は《祝福日》の夜に吸い込まれていった。

第六章　マリア、逃げる

来年の春、レオンは寄宿学校を卒業し、屋敷に帰ってくる。王都にある高等学院に、この屋敷から通うのだ。

それに間に合うように、ダンさんの仕事が急ピッチで行われた。例のログハウス建築計画である。おおまかな設計はこの一年で仕上げた。私が建築関係の本を読み漁る裏で、ダンさんは技術向上のための努力を色々としていたようだ。

気になったのは、木材をどうやってあの場所まで持って行くかだった。ダンさんに尋ねたところ、答えは簡単だった。

「迷路庭園をぶち抜く」

「そんなことしていいの!?」

「ずっと同じ形にもしてられないしな。むしろいい機会だ」

宣言通り、ダンさんは新たな道を作る勢いで、迷路庭園の木を何本も抜いた。ついでに弱っている木や、他の植物の日当たりを悪くしている木も抜いて別の場所へ移した。

木材を運んだ時には、ゴードンさんとロイさんが手伝ってくれた。二人は興味がわいたのか、そのままダンさんを手伝うようになった。男三人がかりで日に日に外枠が出来上がっていくログハウス。

「すごいねー」

「趣味の域を超えてるわよ」

感嘆するアンさんと、称賛しながらも呆れているミランダさん。このところは三人に差し入れを持って行くのが日課になっていた。

そうして屋根と壁が出来上がり、ひと段落ついた。あとはゆっくり仕上げていく予定だ。


レオンが寄宿学校を卒業して帰ってくる冬の終わり。これからはまた一緒に屋敷で暮らすのだ。

玄関ホールで出迎えた私はびっくりした。

「ただいま、マリア。会いたかった」

そう言ってにっこり笑うレオンは、あまりにも格好良くなっていた。

去年の夏よりもさらに背が伸び、ダンスをする時などぐいと見上げなければ顔が見えない。柔らかいのに精悍な顔つき、すっとした鼻梁、色気を増した紫水晶の瞳。微笑まれると背後にお星さまが飛んでいるようにきらめいて見える。体つきも細身なのに鍛えられていることが分かる。

格好良すぎる。間違いなく乙女ゲーム「イケメン学園パラダイス」のレオンだ。むしろゲームよりも格好良い。傍にいると気後れしそう。

「おかえりなさい、レオン様。すごく……大人になられましたね」

「大人？　ちょっとは格好良くなった？」

「レオン様は元から格好良いですよ」

だって六年前から知っているのに、「格好良い」と言葉にするだけでこんなにドキドキする。その心中を知ってか知らずか、流れるような動作でレオンは私の頬に手を添えた。

「マリアもどんどん可愛くなってる」

この人はどこでこういうの覚えてくるんだろう。恥ずかしいのに頬を支えられているから下を向けない。紅潮していく頬を隠せない。だいたいまだ他の皆もここにいるのだ。アンさんとか、ミランダさんとか。

「……レオン様、やめて下さい」

「何を？」

「手、です。手」

「ああ」

今気付いた、といった風に手を除ける。全く悪びれていない「ごめんね」を言うその顔にも見惚れてしまった。

怖い！　このイケメンが怖い！


レオンはバージョンアップしていた。見た目も勉強も武術も、何より色気が。

例えばおにぎり。高等学院が始まるまでのわずかな間、中等学校もお休みのため、お昼ご飯を一緒に食べる習慣が戻った。私がご飯粒を頬っぺたにくっ付けているのを気付かずにいると、「動かないで」と言いながらレオンが顔ごと近寄り、ご飯粒を手で取ってそのまま自分の口元へと運ぶ。

その後に微笑み付きで。少女漫画か！

昼食後恒例の軽いダンス。一曲分のダンスの終わり、身を離そうとしたら急に引き寄せられ、胸元に深く抱き込まれる。

「マリアは可愛いからね。よそでこんなことされないように、注意して」

そう耳元で囁いて解放される。レオンは悪戯が成功したような笑みを浮かべていた。弄《もてあそ》ばれてる……！　それからというもの、ダンスの後は毎回抱き込まれるのだ。一度全力で抗おうとしたが、それ以上にレオンの力が強くなす術もなかった。「今ので抵抗したつもり？」と囁かれた時はゾクリとした。

レオンの目に見つめられると、ぼうっとなってしまうのは否めない。正直思考力が低下する。何これイケメン特有のアビリティか何かなの？　幼い頃から一緒にいて、見慣れているはずの私でさえこうなのだから、他の人たちもきっとそうなる。今までは寄宿学校で男子しかいなかったが、高等学院は男女共学だ。一体何人の女子生徒を虜《とりこ》にするんだろう……。

レオンの高等学院が始まり、私の中等学校も再開した。とは言っても、私はいつもと変わらない日常である。週に三日、午前中のみ学校に通い、他の日はマシアス先生の課題、侍女さん方のお手伝い、マナー訓練、護身術訓練、など。最近は西棟の厨房にも入らせてもらえるようになり、人手が足りない時に手伝っている。

「マリアは働き過ぎじゃないか？　前から思ってたけど」

「そうですか？」

裏庭の菜園でダンさんは土を掘り返し、酸度調整をしている。私は苗育成プランターに枝豆の種を蒔いた。鳥さんに食べられませんように。

「ここに来た時からずっと。子どもなのに泣き言も言わないし、不満も我が儘も言わない。俺や侍女の仕事を手伝って。何か今は勉強以外にも色々やってんだろ？」

「うーん、確かにやることは増えてますね」

マナー訓練とか護身術とか。ダンスの練習は、ヴィクター様があらかた踊れるようになったため減った。

「今さらだけど……もっと我が儘も言っていいと思うぞ。俺とか、アンとか、ミランダに。言いにくいかもしれないけどな」

「でも本当に十分なんです……」

そう、本当に十分だ。すごく良くしてもらっていて、恵まれ過ぎている。やることがあるのは楽しい、やれることがあるのは嬉しい、不思議なくらい充実している。

「でもお前、ちゃんと休みとれてるか？」

「えっ、あっ……はい」

「とってねーだろ」

休みにあてがわれている日も、何か見つけてはお手伝いに行ったりしている。でもそれは。

「一人でいても、さ、寂しいから……」

ダンさんがぐっと詰まり、無言で私の頭を撫でた。アンさんにもミランダさんにも言ったことがない本音だ。

それともう一つの理由。

少しでも役に立たないと、ここにいてはいけない気がするのだ。

「今度、街に美味しいもの食べに行こう。俺の仕事は都合つけやすいしな。アンに教わった店がたくさんある。俺のおごり」

「うん」

「あとは、あんまり遠慮すんな。もっと俺達を頼って大丈夫だ」

「……うん」

ダンさんは不自然に俯《うつむ》いた私を胸に引き寄せた。背が高いので頑丈な胸板しか見えない。

「マリアは俺の妹みたいなもんだからな」

「私もダンさんのこと、お兄ちゃんがいたらこんな感じなんだろうなって思う……」

「奇遇だな」

ダンさんが優しく背中をぽんぽんと叩くので、ダンさんの腰に手を回してしがみついた。

涙が出そうだった。

高等学院初日の夜、レオンにサンルームでお茶を飲もうと誘われた。いつものように、ソファに隣り合って座る。

「こうやってマリアの顔を毎日見れるなんてね。寄宿学校は色々勉強になったけど、終わって良かったよ」

レオンは私の髪を梳くように撫でる。さも愛おしそうな手つきなので、緊張して肩が強張ってきた。

「わ、私も、レオン様がこの屋敷にいて下さるのが嬉しいです」

「マリア?」

「どうされましたか?」

「どうもこうも……なんで敬語?」

レオンの目付きが鋭くなった。少し、怒ってる。

「ちゃんとけじめをつけなければと思っていたのです。レオン様も高等学院に上がられて十六歳になられる今が、いい時期かと思いまして」

「一体何のけじめ?」

怒ってる、これは怒ってる。

「いつまでも、レオン様に甘える訳にはいかないと思うのです。レオン様は公爵家の方です」

いつまでも馴れ馴れしくしてはいけない。

「僕が、マリアにはこんな線引きして欲しくないって言っても?」

レオンの目を見ながら頷いた。途端、レオンの両手が私の両肩を摑み、強い力で体を押される。

えっ、と思った瞬間、座っていたソファに寝転んだ体勢になっていた。顔の両側にレオンの手が突かれ、間近にレオンの顔がある。

押し倒されてる。

「れ、レオン様？」

私をじっと見下ろすレオンは黙ったままだった。影になっていて、よく表情が見えない。

「ど、どうされました……？」

突然のことに心臓が早鐘を打っていた。

「どうされたか、って？　この状況で……」

レオンの声は今まで聞いたこともない、ざらついたものだった。レオンがその体勢からさらに屈もうと動いた時、私の体がびくりと震えた。これは多分、恐怖だ。その震えに一瞬止まったものの、レオンはそのまま顔を私の首筋にうずめた。首元に当たるレオンの吐息と唇に、全神経が集中している。逃げ出したいのに動けない。

首筋に、ぬるりとくすぐったくて熱い感触があった。

「ひっ」

もう一度、首筋を舐め上げられる感覚。今度は声を押し殺した。――舐められてる！

「あの約束は？」

レオンは首元に顔をうずめたまま、喋り始めた。

「約束って……？　んっ」

首筋に唇を押し当てられ、ちろちろと舐められる。味わったことのない不思議な感覚に身を捩《よじ》ろうとしたが、いつの間にかレオンに抑えつけられていて身動きが取れない。

おかしい。レオンがおかしい。

「僕が、マリアを必要とするなら、どこまでもついてきてくれるっていう約束」

「そ、そんなの……」

レオンがぴたりと固まった。密着している体越しに、彼が緊張しているのが伝わってくる。

「当たり前じゃないですか……！」

あの約束を、私の誓いを、違えることは絶対にない。

「レオン様？」

どうしてレオンはいきなりそんなことを言ったのだろう。嫌なことでもあったんだろうか。だったら今この状況も……説明がつく、のかな。

レオンは私の首元に顔をうずめたまま、大きく息を吐いた。そうして上体を起こし、私の体の拘束も解けた。

「それなら、いいんだ」

月明りに照らされて少し見えたレオンの表情は安堵のものだったが、目にほの暗い影が見えて、何故か全身に悪寒が走った。

さっきの行為で固まってしまった私の体を、レオンが優しく抱き起こして頭を撫でた。

「ごめんね。怖かった？」

そう謝るレオンの目には、先程感じた影は無かった。気のせいだったのだろうか。

「いえ、あの……」

正直言って怖かったので、つい沈黙してしまう。それに気付いたレオンは苦笑しながら私の頭を撫で続けた。

「でもマリアも悪いんだからね？」

「えっ？」

「罪だよねぇ」

「ご、ごめんなさい？」

「分かってないでしょ」

「……ごめんなさい」

レオンは撫でるのを止め、自然な動作で私を引き寄せた。柔らかく抱きしめられる。レオンの肩口に頬が当たり、表情は見えない。両手が頭と背中に回されているが、先程のような拘束感はない。

「僕にこうされるのは嫌？」

「……嫌じゃないです」

どちらか言うと、安心する。私の体はレオンの鍛えられた体にすっぽり収まっていた。

「これからも、こうしていい？」

「レオン様が、望むなら」

レオンに抱きしめられているのだ、と今になってようやく実感し、心臓がバクバクと音を立てていく。レオンに聞こえてしまっているかもしれない。話題を、変えよう。

「さっきはびっくりしました。レオン様は悪戯好きですよね……」

「いたずら？」

「その、舐め……」

話題を間違えた。

言うんじゃなかったと口をパクパクさせていると、レオンのいつもより低い声が頭上から降ってきた。

「さっきのが悪戯だと思ったの？」

「え？」

「なんであんなことしたか、分からない？」

悪戯じゃなかった場合の、意味？

少し体を離したレオンが、私の顔を真剣な表情で覗き込む。私はしっかりと見つめ返すが、やっぱり分からない。こてん、と首を傾げた。

レオンはため息をつきながら、再度私を抱き寄せた。さっきよりも腕に込める力が強い。

「……嘘だろ」

レオンが何事か小さく呟いたが、声が籠っていてよく聞き取れなかった。

あれからと言うもの、レオンからのスキンシップが増えた気がする。

気のせいじゃないと思う。

侍女さんや従僕の皆がいても、手を取って連れ出される。前までは名前を呼ぶだけだったのに。皆の視線が痛い。

二人きりでいる時は、前よりも距離が近い。サンルームでソファに座る時なんかは、腕や脚が触れ合っている。その体が触れ合う度に体がびくっと反応してしまう。そんな私の反応に、レオンがしゅんとする。

「マリア、僕と触れるの嫌？」

「や、嫌ではないです！」

焦ってそう返すと、レオンがにっこりと笑った。

「じゃあ、びっくりしないように慣れないとね」

慣れる、必要、ある？

そう思ったが、レオンは有無を言わせない微笑みを浮かべている。色気三割増し。恐れなのか何なのか腕に鳥肌が立った。


「マリアちゃん、本当のこと言って欲しいの」

朝食時、かぶのスープに舌鼓をうっていたら、隣にいるアンさんが重々しい口調で言った。

「レオン様と付き合ってる？」

「ごふっ」

危うくスープを吐き出してしまうところだった。

アンさんの隣にいるミランダさんも私を見、テーブルの向かいに座っているダンさんもじっと私を見ている。周囲で朝食を摂っている人たちも、聞き耳を立てているのを感じる。

「な、なんでですか!?」

「いや、だって、もう……」

アンさんが目を逸らした。

最近レオンがスキンシップ多いせいだよね、絶対！

「付き合ってないですよ、全然」

ゴードンさんだけじゃなく、アンさんにまで言われるなんて。それに今の食堂の雰囲気は、学校の教室で誰が誰を好きかソワソワ話をしている感じに、似ている。

「本当に？　公爵家のご子息だからって、ここでは嘘つかなくていいんだよ？　皆、マリアちゃんの味方だからね」

「本当に付き合ってないです。だいたいレオン様が、そんな風に私を好きなこと自体、ありえないじゃないですか」

「えっ……？」

「拾ってきた記憶のない私に、優しくしてくれてますけど……」

それに、レオンは十八歳で運命のヒロインと出会う。アンさん達には言えないが、これはこのゲームの決定事項だ。

ソワソワしていた食堂内の空気が、微妙なものへと変わった。何とも言えない浮遊感というのだろうか。居《い》た堪《たま》れない感じだ。

「あの、私、本当にここに拾われてきてすごく幸せなんです。記憶がないことも、もう気にしてませんし」

「あー、うん。それは良かったんだが」

焦り始めた私に、落ち着け、とでも言うようにダンさんが喋った。

アンさんとミランダさんは目配せしている。

(ねぇ、マリアちゃんがこんな感じだから、レオン様すっごいベタベタしてるの？)

(あの人、私らにお構いなしだもんね。レオン様もすごいけど、あの色気に当てられても気付かずにいるマリアちゃんがすごいわぁ)

「じゃあさ、マリアちゃんはレオン様のことどう思ってるの？」

「好きですけど……これを敬愛って言うんでしょうか？　そんな気持ちです」

「そ、そうなんだ」

どこか固い表情で頷くアンさん。そこにミランダさんが質問を重ねる。

「レオン様と付き合いたいとか、ずっと一緒にいたいとか、そういうのはないの？」

「恐れ多いです！　でも……」

「でも？」

「出来ればずっとお支《ささ》えしたいって思います」

「そっちか……」

ミランダさんが呟いた。ダンさんは難しそうな顔をしていた。

「あの、無理でしょうか。勉強ももっと頑張ります」

「マリアはそれ以上頑張らなくていい。ただ、まあ、こう微妙にすれ違ってんだよなぁ」

「こんな風にすれ違うとは思ってなかったわ、っていう。……私なら逃げるけど」

「ダンさん？　ミランダさん？」

「マリアちゃんが気にすることじゃないよ。私達の想像と違ったっていうだけだから」

「アンの言う通り。俺達は、マリアがどんな選択をしても味方でいるからな」

「はい、頑張ります」

噛み合っているようで噛み合っていない、マリア十四歳の春。


レオンのスキンシップに振り回されながら巡る季節。

ログハウス建築計画は順調に進んでいる。レオンが高等学院に行っている時間に作業を続け、暖炉も設備した。ガラス窓をはめ込み、手製のカーテンをつける。ダンさんは簡単なベッドと書き物机、椅子までこしらえた。

「マットレスや布の類いは私が用意します」

「ん、ほぼ完成だな」

部屋は広くはないが小さくもなく、ベッドと机が入っても、暖炉の前に四、五人集まって団欒《だんらん》出来るほどにはゆとりがある。暖炉を除けば素材は全て木材で、主に深めの色合いのものを使っており、ほっと落ち着く雰囲気だ。床は何度も磨き上げて艶を出した。

「ラグとか、毛布とか、クッションも沢山作っていいですか？」

「マリアの好きにしたらいい」

「え？」

「マリアがいつでも使ったらいい。俺は作るまでしか興味ない。ここの主はマリアだ」

「……っダンさん！」

「うおっ」

私はダンさんに飛びついた。驚きながらもちゃんとダンさんは受け止めてくれる。ダンさんの胸の下あたりに頭を押し付けて、「ありがとう」と言った。

「でもね、ダンさんとアンさんがここを使っている時は、邪魔しないからね」

「はっ!?」

「……なんてね」

ダンさんから飛びのいて顔を見ると、珍しく頬が赤くなっていた。

「お〜ま〜え〜な〜！」

こんなに赤くなっているところを見ると、まだ付き合ってないんだろうか？

「うふふっ。そうだ、皆さんを呼んで完成祝賀会しましょう！」

ス。

アンさん、ミランダさん、ゴードンさんとロイさんも呼んで祝賀会をした。場所は勿論ログハウス。

屋敷の収納部屋に眠っていたラグを引っ張り出し、洗濯して日干しして、暖炉から少し離れた傍に敷いた。お尻が痛くならないようにクッションも沢山用意、作りすぎて余っているランタンをあちこちに並べる。夕食後のちょっとした会なので、少しのお酒とジュース、旬の味覚で作ったスイーツを用意した。甘々の栗きんとん、ブランデーで煮たマロングラッセ、ダンさんと収穫したサツマイモで作ったスイートポテトにタルト。おつまみとして、厨房に残っていたチーズの盛り合わせ。お菓子作りはアンさんとミランダさんにも手伝ってもらい、お酒はダンさんが持って来てくれた。椅子はなくラグの上に直接座ってもらう。その周囲に置いた多数のランタンが空気を橙色に染めている。異国風のスタイルだ。

「こういうのも良いわねぇ」

嬉しそうなミランダさんをはじめ、皆さんに楽しんで貰えた。

紅葉が深まり始める、秋の夜のことだった。

冬の《祝福日》。

レオンから今年は何も用意しなくていいと言われていた。それでもやっぱり贈り物を用意したいと思ったが、「マリアはやること多いんだから、今はそっちに集中して！　高等学院来て欲しいしね」と言われてしまうと何も出来ない。

「それに、一つ僕のリクエストに応えてくれたらいいから」

「リクエスト？　なんですか？」

「それは当日まで秘密」

にこっと笑うレオンを見て、何故か寒気が走った。最近こういうのが多いなあ……。


そんなやり取りを思い出しながら、サンルームへと向かう。西棟の食堂でしか出ないであろう、軟骨のから揚げとカマンベールチーズ揚げ、ベリーとクリームのパンケーキを取り分けて持って来た。きっと喜んでくれる。

部屋に入るとランタンは灯されていて、飲み物も用意してくれていた。この国では十六歳になると殆ど成人扱いされる。結婚しかり、飲酒しかり。なのでボトルもシャンパンとシャンパン風ソーダだった。

「何を持って来てくれたの？　お〜、美味しそうだね」

「お腹一杯になってはいませんか？」

「まだまだ食べられるよ」

二人で乾杯をして、食べ物をつまみながら話をする。レオンは高等学院での話が多かった。学院でも《祝福日》関連のパーティーがあるらしく、冬季休暇に入る前の最終日に行うのだそうだ。

「去年はマリアに渡せなかったから」

そう言ってレオンが取り出したのは白い毛糸のショールだった。少し光沢がある。手に取ると毛糸と思えないほど滑らかな肌触りで、ものすごく軽い。少し触っているだけで手先が温かくなる。

「わぁ……あったかい。肌触りもすごく気持ちいい」

「学校でも使ってよ。膝かけにしてもいいと思うし」

「レオン様、ありがとう」

「どういたしまして」

やっぱり駄目だって言われてても、贈り物用意すべきだったかなぁ。

少し後悔していると、レオンが意地の悪い笑みを浮かべた。反射的に体が距離を置く。

「じゃあ僕のリクエストだね。マリア、立って」

とりあえずソファから立つ。

「こっちに立って」

レオンが私の両手を掴み、誘導されるように座っているレオンの真正面に立つ。月夜をバックに、レオンを見下ろす恰好となる。私を見上げたレオンは、それはもう良い笑顔で言った。

「キスして」

……!?

「早く」

「っ！」

掴んだ私の両手を揺さぶるレオン。

えっと、今この人なんて言ったの？　キスって聞こえたけど、え？　え？

「僕のリクエストは、マリアが、僕に、キスをすること」

「えっ、あの、え!?」

「してくれないの？　嫌？」

「レオン様、嫌とか、そういう問題では……っ」

心臓は跳ね上がるように鳴り始め、私を見上げるレオン様が壮絶に色気を出していて抗い難い。

キス!?　なんで!?　混乱して涙が滲み出そうだ。どうしよう。

私が狼狽していると、レオンがふっと笑った。

「ごめんごめん、ちょっといじめ過ぎたかな」

「じょっ、冗談なら、もっと分かりやすいのにして下さいよ……」

「別に冗談でもなかったけど」

レオンは掴んでいる両手をぐいと引っ張って、屈んだ体勢になった私の頬に右手を滑らせた。親指でとんとんと唇を叩く。

「ひっ……」

「困ってるマリアも可愛いから、許してあげる。おでこでいいよ」

「えっ？」

「おでこも駄目？　親愛のキスだよ」

「しんあい……」

「そう。《祝福日》だし、マリアに祝福されたい」

頬に添えていた手も、掴まれていた手も離し、レオンはじっとこちらを見つめる。これは断るほうが難しい状況になってきた。それに、おでこだもん。親愛だし、大丈夫だよね？　誰に確認してるのか分からないけど。

「わ、分かりました。します」

「うん」

「じゃあ、ちょっと上を向いてもらえますか……」

レオンはソファに深く腰掛けて背もたれに身を沈め、私の方を見上げた。

「向いたよ」

ここから屈んでもおでこに届かない。無理に顔を近づけようとすると事故の予感がする。

「えと、すみません……」

レオンが広げている脚の間に立ち、その片足を挟むようにして左膝をソファに乗り上げた。さっきから心臓がうるさい。

「肩も、失礼します……」

レオンの両肩に手を置いて、身を屈めていく。はたから見たら私が襲っているように見えるだろう。手がぷるぷる震えている私の様子を、レオンは静かに観察していた。

——せめて何か言って欲しい！

なるべくレオンの顔を見ないように気を付けて、おでこにちゅっと唇を当てた。

緊張で体が震えているので勢いよく離れることが出来ず、両手は肩に置いたまま出来る限り身を離した。

「し、しました、よ。きゃっ！」

「よく出来ました」

レオンが素早く私を抱き込んだ。レオンの脚をまたいでいたので、そのまま片膝の上に乗る形で密着する。背中にぎゅっと腕を回され、頬と頬が触れ合う。

「れ、レオン様!?」

「隙だらけだなぁマリアは」

「は、離して下さい」

「可愛いから、無理」

「意味分かんないです！」

「それにこうしていたほうがあったかいでしょ。あ〜、マリアはあったかいな〜」

「そうだとしても駄目ですって！　こんなの駄目です」

「なんで駄目なの？」

「なんで駄目って、それは……」

「ほら、分かんないじゃん」

レオンが身をよじり、私の首筋に唇を当てた。

「！」

「どうしたの？」

ぺろりと、舐められた。

「やめて、やめて下さい！」

「えー？」

レオンは止めることなく、首筋に開いた口を押し付けて何度も舐める。

「レオン様、ほんとやめて……」

我慢しようと思っても、口から出た声は涙声だった。視界が一瞬で潤み、頬に涙がつたう。

緊張だけではない私の体の震えに気付いたレオンは、首筋からすぐに顔を離した。背中にぎゅっと回していた腕を緩め、片方の手で頭を撫でる。

「ごめん、調子に乗った」

ぽん、ぽん、とあやすように背中を叩かれる。

怖かった。

「僕のこと、嫌いにならないでね、マリア」

気のせいかもしれないが、レオンの声には怯えが混じっていた。

「……き、嫌い」

「……」

口から出た声は涙で掠れてしまっていた。レオンの体がびくっと強張った。

「嫌い……にはならない、レオン様のこと」

「……そっか、良かった」

泣いている顔を見られたくなくて、しばらくそのままレオンにしがみついた。

その間ずっと、レオンは私の頭を優しく撫で続けていた。


「師匠、鍛えて下さい！」

「はっ？　マリアどうした」

「もっと、もっと強く！　ならないといけない気がするんです‼」

「えー？　別にいいけど。なんか切羽詰まってんなぁ……」

あの《祝福日》の夜から私はレオンを避けている。本人には気付かれないようにしているが、なるべく鉢合わせないように気を付けて行動している。

なんだか顔を合わせにくい。

「何かあったのか？　よし、師匠が聞いてやろうじゃないか」

「別に、何もないです……」

ほんと言うと、相談したい。なんでレオンがあんなことしたのか、あれに意味はあるのか、ただの悪戯なのか。でも何となく、言うのは憚《はばか》られる。前世の知識は何の役にも立たない。色恋や男子に疎かったのが今ここで悔やまれるなんて……！　色恋沙汰なんて友達や妹の話、もしくは少女漫画かドラマくらい。月9も見てたけど、あんなのフィクションだし、だいたい主人公可愛すぎるし、参考にならない。

あれ？　そういや私、前世で一体何をしてたんだろう。月日が経つにつれ薄れていく記憶を辿る。中学は吹奏楽部で練習に明け暮れる毎日、高校は女子高で女子とキャッキャウフフしてて、大学に入ったら数学科とか男子ばっかかで馴染めなくて……私が言うのも何だけど、変人もとい個性的な人が多かった……レオンみたいな人には会ったこともない。

それにだいたいレオンは、あと一年とちょっとで運命の人と出会うのだ。そうだ、だったらあれはただの悪戯……。ひ、酷い人だな。

「マリア？」

ゴードンさんが心配そうに私を呼ぶ。

「あっ、はい！」

「相談したいことがあったら、いつでも言えよ」

ゴードンさんが真面目な調子で言うのは珍しい。いつものへらりとした表情は無かった。

屋敷の皆は私に対してなかなか過保護で、そして優しい。

「はい、ありがとうございます師匠。優しいですね」

「そうだろそうだろ。そして俺をよくよく敬うことだ」

「さっき、ちょっと格好良く見えてどうしたんだろうと思ったんですが、いつも通りの師匠で安心しました」

「まじで訓練レベル上げるからな」

軽口を言うのは照れ隠しだって分かっているけど、私もゴードンさん相手だとつい口が滑る。

この日から徒手格闘講座はさらに様相を変え、もはや実戦さながらになる。

レオンをなるべく避けるため、ログハウスに篭もって勉強することが増えた。寒いけれど毛布をかぶれば何とか大丈夫。高等学院の入試試験まで一年を切ったのだ。数学は大丈夫だけれど、歴史と地理、国語が問題である……。

ログハウスの扉に取り付けたドアチャイムの音が聞こえた。金属製の小さな鐘を、その傍に用意してある棒で叩いて鳴らすのだ。棒の先には小鳥を模した金属が付いていて、高く澄んだ音色を出す。

「マリアちゃん、いる？」

アンさんの声だ。

「はい、ちょっとお待ち下さい」

ログハウスには外鍵はなく内鍵のみ付けてある。公爵家の敷地内に入れる侵入者はまずいないからだ。

扉を開けるとバスケットを抱えたアンさんと、小さな袋を持ったダンさんがいた。アンさんは侍女のお仕着せの上にフード付きのケープを羽織り、ダンさんは庭師仕事時の茶色でまとめた軽装に紺のマフラーを巻いていた。

二人は中に入り、机の上に広げた本やノート、椅子に載っている毛布を見た。

「ごめん、勉強中だった？　って、寒っ」

「おいマリア、ちゃんと暖炉を使え」

薪《まき》が勿体ないと思ってなかなか使わずにいた。部屋があるのにここで勉強しているのは私の勝手だし……。

ダンさんは用意してある薪を暖炉に放り込み、てきぱきと火を付けた。

「そうそう！　おやつを持って来たんだよ。休憩しない？」

「アンさんのおやつですか!?　休憩します！　ありがとうございます！」

暖炉の前のラグに、もこもこの毛布をさらに敷いた。日の入りは早くすでに薄暗いため、机周りに置いていたランタンも移動させる。三人とも靴を脱いで毛布の上に腰を下ろした。パチパチと薪が燃える音が聞こえる。火に当たっていると冷えて強張っていた手先がじんわり暖かくなっていった。

「あったかい……」

「何のために暖炉を作ったと思ってる。ちゃんと使うこと。どうせ薪が勿体ないとか思ったんだろ。そんなのいくらでも用意できるから」

「ごめんなさい」

「いや、謝ることじゃないけど」

アンさんはバスケットから三人分のカップを用意し、温かい紅茶を淹れてくれた。お皿も取り出し、そこに掌ほどの大きさのおやつが三つ置かれる。タルト生地で器を作り、そこに流し込まれた卵色のクリームにはところどころ焦げ色がついている。

「チーズタルトだよ」

「わああ！」

いただきますをして早速かじると、タルト生地はサクサクして美味しく、中のクリームチーズは口の中でとろけ、甘く濃厚。

「おいしい～！」

「おお、美味《うめ》え」

アンさんの作るお菓子は本当に美味しい。そのアンさんが、こちらをしっかりと見つめ、口を開いた。

「それでねマリアちゃん、率直に聞くね。レオン様と喧嘩でもしてるの？」

「ごふっ」

むせた。

「マリアちゃんレオン様のこと避けてるよね？」

「……そんなに分かりやすいですか？」

「朝食の時間も早めに変えたり、学校に行く時なんてすごく早い時間に出るじゃない。それに、レオン様の様子を見てたら、分かるっていうか……」

「レオン様、怒ってます？」

「……」

アンさんが渋い顔をして口を噤んだため、ダンさんに目を向ける。

「いや、うん、怒ってるってのもありそうだが、元気がないって表現したらいいのかな」

「そう、ですか」

何だか悪いことをしている気分だ。

「もしレオン様に言いたいこととか、何か嫌なことがあるのなら、直接言っちゃうほうがいいと思うの」

「我慢は駄目だ。相手は公爵家だが、言いなりになる理由なんてない」

「は、はい」

「あのね？　もしかしてなんだけど、レオン様に何かされた？」

アンさんが非常に言いにくそうに尋ねた。思い出すのは《祝福日》の夜のことだ。キスをせがまれ、腕を引かれて抱き込まれた後、首筋を――。

ぼぼぼっ、と頬が赤くなっていくのが自分で分かる。と同時に、腕に鳥肌が立つ。

「あ、いえ、特に変わったことは――」

上擦った声になってしまった。誤魔化すことは出来ていないだろうなと思う。何故ならアンさんとダンさんの顔が強張っている。

ど、どうしよう。

アンさんは虚空を見つめ、眉を寄せた。何かを思いついたようで口を開け――ふるりと首を振る。

「このまま逃げるばかりじゃ思い詰めたレオン様が暴走……じゃなかった、マリアちゃんが大変だろうから、頑張って立ち向かおう！」

「それに俺らは味方だって言っただろ？」

「……たちむかう」

二人の迫力に押され、「頑張ります」と言うしかなかった。


とは言っても、やっぱりレオン様と面と向かうことをどこかで拒否していた。挨拶はするようにしたが、会話をする暇を与えず急ぎ足で撤退する。ちらりと見えたレオンの顔がもの言いたげだったが、後ろ髪を引かれつつ逃げる。

そうこうしながら日々が過ぎ、冬の終わり。ヴィクター様が寄宿学校へ行く日を迎えた。

「ヴィクターもそんな年になったんだなぁ」

と、言うのは当主のブラッド様。

「レオンとはまた違うイケメンに育ちそうねぇ」

と、レオノア様がおっとり言う。

「ありがとうございます。頑張ってきますね！」

ヴィクター様は両親にそう言うと、私のところに駆け寄ってきた。「ヴィクター様？」ヴィクター様は誰にも聞こえないように口を私の耳元に寄せ、小声で言った。

「マリア、兄上をよろしく。大変だろうけど頑張ってね」

「え……」

すぐに身を離したヴィクター様はニコッと笑った。

「それじゃ皆、行ってきまーす！」

遠ざかっていく馬車を見送り、この場を離れようとした時、何者かに右手首を掴まれた。

「マリア、話があるんだけど」

「レ、オン様。はい、なんでしょうか」

「僕のこと避けてるよね。このところずっと」

「そんなことは……」

真っ直ぐに私を見つめているレオンの視線に耐えきれず、目を逸らした。

「じゃあ、時間とってもらえるよね？」

「ここで話すのでは駄目ですか？」

「駄目」

救いを求めて周りを見渡すと、侍女や従僕の皆さんが私達を注視していた。ど、どうすればいいの!?　アンさんとミランダさんは口を開けて何か言いたそうにしている。二人の救いを求めるように、ぱくぱくと声にならない声をあげた。

「行くよ」

「えっ」

レオンに引っ張られるようにして屋敷へ入る。迷いない足取りで階段を上がり、ある一室に向かう。サンルームだ。

昼下がりのサンルームは陽光が室内を明るく照らし、ガラス窓いっぱいに青空が広がっている。

レオンは部屋の中央で立ち止まり、私に向き直った。

「マリア、あれは嘘だったの？」

「何がですか？」

「僕のこと嫌いにはならないって」

「嘘じゃないです」

「じゃあなんで避ける？」

そう言うレオンの顔は、酷く傷ついているようだった。今まで目を逸らしてきたが、私がそんな顔をさせているのだと、ここでようやく思い当たった。レオンのそんな顔は見たくない。

「ごめんなさい」

「謝って欲しいんじゃない」

「レオン様に対して、どんな顔をすればいいのか分からなかった……」

「それだけ？」

「……少し、怖かった」

「うん。……ごめん」

私は俯き、レオンはそれ以上何も言わず、しばらく沈黙が続いた。

「マリア、顔を上げて？」

そろそろと顔を上げる。

「ねえ、抱きしめてもいい？」

レオンは弱々しい笑みをうかべて両腕を伸ばした。私はまだ少しだけ怖かったが、ゆっくり近づいてレオンの背に腕を回した。頭上から安堵のため息が聞こえ、優しく抱きしめられる。

「もう、避けないで。嫌なことがあったら、なんでも言って」

「……うん」

レオンにこうして抱きしめられると、胸が騒ぎながらもどこか安心している自分に気付いた。

気付かないほうが良かったかもしれない。

第七章 マリア、入試の年

中等学校三年生となる春、私は十五歳になった。残念なことに身長は伸びなくなり、かわりに体に脂肪がついてきた。鍛えているのに不思議である。冬の初めにはいよいよ高等学院の入試を控えている。勉強量が増えたのは言うまでもない。

そして、家庭教師のマシアス先生が、この度マグノリア公爵家の執事になることが正式に決まった。ヴィクター様が寄宿学校へ行き家庭教師は必要なくなったが、以前よりブラッド様から引き抜きを打診されていたようだ。将来的には領地のカントリーハウスへ行き、政務を手伝う予定らしい。

「とは言ってもまだ先の話ですから、マリアが高等学院に入学するまではこれまで通り勉強をみますよ。安心して下さいね」

ありがたい話である。

高等学院の二年生に上がったレオンは生徒会役員になったらしい。一度は辞退したものの、説得されて入ったとか。人気者は辛いなぁ。

レオンは、学校でもあの色気を無意識に振りまいているのだろうか。だとしたら、レオンに焦がれる女子生徒はどれだけいるのだろう。レオンからはあまりそういった話を聞かない。まあ、自分からは言わないか。

仲直りしたあの日からよく、レオンは私を抱きしめてくるようになったけれど、それがこの世界では普通なのかな？　前世の欧米みたいな……。学校でもそういったスキンシップをしているのだろうか……あんまり考えたくない。

今夜は息抜きに二人で夜食を食べる約束をしている。街で人気のスイーツを用意してくれるらしく、楽しみだ。


夕食を終えてマシアス先生からの課題を片付け、約束しているサンルームへ。まだレオンは来ていなかった。ガラス窓を開けると、少し肌寒いがゆるやかな風が部屋に入ってくる。ソファに座るとその風が案外気持ちよく、眠気を誘いうつらうつらとしていた。それからどれくらい経っただろう。

「マリア？　風邪ひいちゃうよ」

レオンの声でぱちりと目を覚ました。部屋に入ってくるのも気付かず、半分寝ていたみたいだ。

「わ、ごめんなさい」

「謝ることじゃないよ」

レオンはソファの隣に腰を下ろし、私の前髪を撫でる。

「疲れてるんじゃない？　部屋に戻って寝る？」

「いえ、大丈夫です」

「そう？」

優しく微笑むレオンを見つめ返していると、まるで私のことを、世界で一番大事に思ってくれているのではないかと勘違いをしそうになる。レオンは普通にしているだけなのに。

「あんまり根を詰めないようにね——はいこれ」

レオンが手にしているのは私の両掌の上に載るぐらいの紙箱。外面はクリームとピンク、イエローの三色でストライプ状に塗られている。蓋を開けると、可愛らしい色合いのキューブが多数詰められていた。薄い桃色にチョコレート色、白いものや薄緑のものなど、キューブ型だが見るからにフワフワとしている。美味しそうだ。

「ギモーブっていうんだ。可愛いから女子に人気。はい、あーん」

レオンは桃色のそれを摘み私の口元へと運ぶので、つい口を開けてしまった。口の中にそっと入れられたギモーブはふわりとした食感で、噛む力があり、甘味がとろけだした。マシュマロとは少し違う。

「ふわふわ〜。美味しい〜！」

「良かった」

「今まで無かった食感です。不思議です〜」

思わず頬がゆるんだ。食感と甘味を楽しんだあと飲み込む。

これは美味しい。見た目も可愛いしで人気が出るのも頷ける。

「これはチョコ味かな？　あーん」

促されるように口を開けて、はたと気付く。

「じっ自分で食べられますよ！」

「だーめ。こうじゃなきゃ食べさせてあげない」

「えっ、え〜？」

レオンはギモーブを手に、口の端を上げて楽しそうに微笑んでいた。

ギモーブは食べたい。誘惑に負けて口を開けてしまう。

「あ、あーん……」

「はい、はーん」

ぱくり、と口を閉じる。口内に残っていたレオンの指を少し舐めてしまった。レオンはその指で新しいギモーブを自分の口に入れる。少し恥ずかしかった。

チョコ味も美味しい……。

「うん、なかなか美味しいねコレ。また買って来ようかな」

それからもギモーブはレオンの手ずからでないと食べさせてもらえなかった。親鳥から餌をもらう雛の気持ちだった。

名残惜しくも最後の一個を食べ終える。

「最近疲れてない？　マシアス先生はスパルタだし、護身術ももう護身術じゃないレベルでやってるって聞いたけど」

「いえ、元気ですよ。レオン様のほうが疲れていませんか？」

「んー？　僕は大丈夫だよ」

レオンは生徒会のことを話した。一見華やかに見えるが、実のところ裏方や雑用ばかりらしい。

二年生の今は書記をしているが、来年、会長をして欲しいとすでに打診されている。「やりたくないんだけどなー……」と渋っているが、引き受けることを私は知っている。

「まあ、豊穣祭で裏方に回れるのはラッキーかな」

「豊穣祭ですか？」

「高等学院では、秋の豊穣祭に伝統的なダンスパーティーを開くんだよね。生徒はそれぞれ男女でパートナー申請をして、最初の一曲目のワルツを踊る決まりがある。そこからは自由行動なんだけど、このパートナー申請が面倒で」

想像がつきましたよ。モテ過ぎて困ったんですねレオン様。まずパートナー申請でモメて、自由行動時間もモテて自由行動が出来なかったんですね？

「生徒会主催だから、役員は基本的に裏方なんだ。そのほうが楽だな」

「そうなんですか。でも楽しそうです。お料理いっぱいありそう！」

「マリアは食い気が勝るか。まあ、そのほうがいいかな」

「そのほうがいい？」

「ん、こっちの話」

「？」

「さてマリア、食後の運動しない？　一曲目のワルツ、お相手願えますか」

「はいレオン様、喜んで」

レオンに手を引かれ、サンルームのバルコニーへと出た。そこまでスペースはないが、ゆったりと踊ることは出来る。夜空には星がちりばめられていて、柔らかい風が気持ちいい。

互いに向き合い、どちらともなくステップを踏み始める。

「レオン様はダンスお好きですよね」

「マリアと踊るダンスは好きだよ」

どうしてこの人は勘違いしそうになる言い方をするんだろう。私を見下ろし魅惑的な紫の瞳を細めるレオンを、少々呆れながら見つめる。すると急に体が浮いた。

「きゃっ」

「こうするのも好きだ」

両腕の下から手を回され、ぎゅうぎゅうと抱きしめられていた。私はつま先立ちになり、行き場のない手をレオンの肩に添える。密着している首元が熱い。

「あのう」

「なあに？」

「こうやって抱きしめたりするの、世間では普通なんですか？」

「え？」

「挨拶になるんですか？　その……レオン様、高等学院とかでもこういうこと、されてるんですか？」

「はあ？」

最近疑問に思っていたことを尋ねたら、ものすごく不機嫌な声で返された。

「何言ってんの？」

「だって」

「マリアにしかしないよこんなこと」

「そう、なのですか……」

どこかほっとしている自分がいた。

レオンにとって私は妹みたいな感じなのかな？　でないと本当に勘違いしてしまいそうだ。なので「レオンは十八歳で運命のヒロインと出会う」と心の中で三回唱える。

レオンは拘束を解き、一旦私を床に降ろすと、今度は覆いかぶさるようにして私を腕に閉じ込めた。頭のてっぺんに、レオンの唇が当たっている感覚がある。

「どうやって思い知らせばいいかな……」

「何か言いました？」

「ううん、何も」

さっき何か言ってた気がするんだけど。でも何となく不機嫌そうなレオンには、これ以上追及しないほうがいいだろう。


「マリアちゃん、採寸するよ！」

「え？」

朝、インゲン豆のスープを飲んでいる私に、アンさんが意を決した表情で言った。採寸？

「日常用のちゃんとしたコルセット、着けよう」

「あ……あー」

これまで下着は補正のない子ども用を着けていた。身長がぐいぐい伸びていた頃はそれで全く問題なかったのだが、確かに最近心もとなくなってきた。急にどんどん大きくなっていってるのだ、胸が。

「宜しくお願いします……」

「私も一緒に新調しようかしらー。アンも新調しなよ～、セクシーなやつ」

「ちょっ、なんでセクシーなやつにしなきゃいけないの」

「あらん、言ってもいいの？」

「言ってもいいの、って何」

「だって、ダ――」

「じゃあマリアちゃん行こっか！」

アンさんが強引に言葉をかぶせ、私の手を引いて食堂を出て行く。

ミランダさんはニヤニヤしながら黙って後ろをついてきた。

そして西棟の別室へ。そこは光がよく入る部屋で明るく、壁一面の棚には色んな生地がびっしりと収まっている。続き間にはクローゼットがあるらしい。アンさんはカーテンを閉め、いつの間にかメジャーを手にしていた。

「さ、脱いで」

ドキドキの採寸会だった。言われた通り脱いでいくと、ミランダさんが不審な目をした。

「ちょっと待ってマリアちゃん、もしかして締め付けてたの？」

「あの、揺れるから、それで」

実は、包帯よりも丈夫な薄い布を胸囲にきつく巻き付けていた。結んでぎゅうぎゅうと固定し、その上から子ども用下着を着る。こうでもしないと胸が揺れて気持ちが悪かった。

「だ、駄目だよ！　胸が、胸がつぶれちゃう！」

アンさんが悲壮な声で言った。

「マリアちゃん、お願いだから言って。そういう時は相談して。居たたまれない……」

「は、はい。ごめんなさい」

布を巻き付けてさえいれば余り支障はなかった。強いて言えば少し苦しいくらいである。

恐縮しながらしゅるしゅるしゅると解いた。

「わ、マリアちゃん……」

「いつの間にそんな、育っ……」

はっきりそう言われると照れる。きっと食生活が良いからだ。

採寸を終え、いくつか余っている服を探した。コルセットを着けると、今着ている服は胸元がキツくなるらしいのだ。これまでは当主の妹様が着ていた服のリメイクや、侍女さんのお仕着せを改造したものを着ていた。お仕着せのスカートは大丈夫だと思うが、妹様のワンピースの類いは難しいみたいだ。そんなにコルセットで補正されるの？

幸いなことに幾つかブラウスを掘り出した。部屋に持って帰ることにする。

「なるべく早くコルセット用意するからね、マリアちゃん」

「すみません、ありがとうございます」


春から夏にかけての社交シーズン。レオンは幾度か舞踏会や晩餐会に出席していた。その先々で淑女をポワーンとさせているに違いない。そこでの様子を詳しく聞きたいが、「特に面白いことはなかったなぁ」ぐらいしかレオンは話してくれない。

「レオン様も十七歳だろ？　そろそろ縁談や婚約者の話が持ち上がってもおかしくはないよなぁ」

「……」

「むしろこれまで何の話も上がったことがないのが不思議だな。マリア、気になるんじゃねえの？」

「……」

「だから、無視すんなっての」

上段蹴りを躱してすかさず距離を取る。上がっている息を落ち着かせるため一呼吸置いた。

「訓練中に喋ると、私は舌を噛んじゃうんで」

「そろそろ大丈夫だろ？　だいぶ強くなったよお前……」

徒手格闘訓練中、ゴードンさんはいつも攻撃を放ちながら話しかけてくる。私は危ないのでだいたい無視だ。勉強が忙しくなっても、体はちゃんと鍛え続けた。運動にもなってちょうどいい。最近はゴードンさんに「俺からすると最早《もはや》女子じゃない」とお褒めの言葉を貰っている。

「レオン様に縁談ですか？」

「いや、まだ聞いたことないけど貴族って結婚早いじゃん。後継ぎにはだいたい婚約者がいるもんだし。でもレオン様ってまだそういう話聞かないよな、って」

「私も聞いたことがないです。今回の社交シーズンで探しているんでしょうか」

「どうだろうなー。積極的に探しているような雰囲気はしないんだよな、旦那様。それよりマリア、気にならねぇの？」

「何がです？」

「何がって……」

レオンの奥方が誰になるかは気になる。ただ来年、レオンは運命のヒロインと出会うことを知っている。そのことをゴードンさんに言える訳はないし。

「んー、お前ってよく分かんねぇな。聡いと思う時もあれば、すっげえ鈍いし」

「師匠はミランダさんとどうなんですか」

「……おう」

「師匠もう二十七歳ですよね。そろそろ結婚とか考えないんですか？」

「考えてないこともない、けど」

いつもはへらりとして少しゴードンさんが、頼りなさげに斜め下を向いた。その様子に私はため息をついた。

「……あんまり奥手過ぎるのもなぁ」

「何か言ったかマリア」

「いいえ、何も」


《祝福日》の準備を始める冬の初め。とうとう高等学院の入試日を迎えた。

「名前を忘れずに書いていつも通り問題を解けば、絶対受かります。落ち着いて受験して下さいね」

「はい、マシアス先生」

「学院までは僕も一緒に行くよ。歩いても行けるけど今日は馬車を出そう。寒いしね」

「レオン様、ありがとうございます」

レオンのくれた白いストールを巻き、磨いた編み上げのブーツを鳴らして馬車に乗り込む。レオンの合図で馬車が動き出し、王都の城下町を目指しゆっくりと駆ける。学院は街を抜けた開けた土地にあるそうだ。入試でさえなかったら、ゆっくり街の様子を観察するのに。今は緊張でそれどころじゃない。

「入試が終わったら遊びに来ようか、城下町」

「いいんですか？」

「うん、約束ね」

「はい」

馬車は石畳の上を走っていく。ちゃんと整備されているのだろう、振動はあまりない。

ふと、数日前のことを思い出した。


「先生、私、大変なことに気付きました」

「なんでしょう？」

「私には家名がありません。中等学校はいろんな身分の人がいたし、適当で大丈夫でしたけど、高等学院では必要なのではないですか？　どうしましょう」

「ああ、そのことですか」

ふと重要なことを思い出し、私は顔が真っ青になった。そもそもこの世界って、この国って、戸籍とかあるんだろうか。もしかして、私、戸籍ない？

「大丈夫ですよ。あなたには家名があります」

「はい？」

「今日この後、レオノア様に聞いてみるといいですよ。先に話してきますので、そのページの問題を解いておいて下さいね」

マシアス先生がそう言い残して数分後、戻ってくると三十分後にレオノア様とのお茶会が開かれることになっていた。

サロンに着くと、藍色のドレスに身を包んだレオノア様は読書をされていた。ティーワゴンには紅茶とお菓子の用意がされている。

「お待たせしました、レオノア様」

「いらっしゃいマリア。さあ座って」

内心緊張しながら、背筋を伸ばし出来るだけ優雅に着席する。レオノア様付きの侍女さんが紅茶とお菓子――今日はラズベリーのタルト――を用意してくれる。アールグレイの香りが鼻孔をくすぐった。

「マリアちゃんの家名のことなんだけどね、実はずっと前に用意してあるの」

「そうなのですか？」

「ええ。アントワールよ」

「アントワール……？」

聞いたことがある。もしくは読んだことが。記憶を掘り起こし、背筋がヒヤっとする。

「実はそこの養子になってるの。ごめんね言ってなかったわね」

「……アントワールとは侯爵家の家名だと記憶しております」

「そうよお。我がマグノリア家の傍流ねぇ」

心臓が止まるかと思った。いつの間に、そんなことに。

「マリアちゃんが我が家に来てちょっとした後、家名が必要なことを思い出して。侯爵に相談したら二つ返事で決まったのよう」

そんな阿呆な。

「だからは外ではマリア・アントワールって名乗ってね。近いうちに侯爵にも会っておきましょうか」

「!?」


以上、回想終わり。本当にびっくりした。軽すぎる。

「試験が終わる頃には迎えに来るから」

「大丈夫ですよ。せっかくの休日ですし、のんびりして下さい」

「でもマリア迷っちゃうかもでしょ？　学院の図書館にいるからさ、終わったら来てね」

「はい……」

馬車が学院前に着き二人で降りた後、レオンが白いストールを巻きなおしてくれた。辺りには入試に来ている学生達がいて、結構な注目を浴びる。中には「レオンハルト様!?」「こんなところで会えるなんて！」といった歓声や、「おいレオン先輩がいるぞ！」「俺憧れだったんだよなぁ」という男子学生からの尊敬の声が聞こえる。「それで、レオン様と親しげなあの女子は誰？」という、全くもって歓迎されていない声も。まあ、そうなりますよね。

しかしレオン、想像通り有名人だ。

「周りがうるさいね。ごめんね」

「レオン様すごいですね」

「んーどうしてだろ。それじゃマリア、頑張ってね」

「はい、ありがとうございます」

最後に頭をぽんぽんと撫でられ、レオンは馬車に乗って去って行った。それを目撃していた女子生徒からは「キャー！」という悲鳴が上がっていた。最近レオンはおでこや頭によくキスをしてくるのだが、今それをされなくて本当に良かった。でないと試験が受けられない事態になっていたかもしれない。


試験はつつがなく進んだ。思っていたよりも難しくなく、多分大丈夫だと思う。次の数学で最後だ。ほっとしていたら試験監督をしている男性が近寄ってきた。

「マリア・アントワールさんですね？」

「は、はい」

何かいけないことをしてしまったんだろうか。周囲の学生も何事かとこちらを見ている。

「お話は聞いております。次の数学、あなたは別室で受けてもらいます」

「えっ？　は、はい」

私は何も聞いてないよ。そう思いながら、荷物をまとめて男性の後に続いた。

「マシアス君から聞いています。あなたには別の試験問題を解いてもらいます」

「マシアス先生ですか？」

「ああ、マシアス君は僕の後輩なんですよ。きみの数学受験について直訴があったんです」

「直訴……」

「あなたはいつも通り問題を解いて下さい。それで問題ありません」

別室の机に用意されていた試験問題は高難度のものだった。高等学院入試レベルではない。

これは……大学入試二次試験レベル！

何故こんなものを？　頭をひねりながらも黙々と解いた。


「レオン様、お待たせしました」

校内案内図を見ながら図書館にたどり着くと、入ってすぐの閲覧スペースにレオンはいた。円形に作られた本棚に取り囲まれるように、十卓ほどの机が用意されているそこだ。休日で試験日である今日、図書館の利用者は少なく殆ど人がいなかった。

「あ、マリア。お疲れさま。試験はどうだった？」

「多分大丈夫です。数学問題はびっくりしましたけど……」

「そうなの？」

「数学だけ別室で、他の人達と違う問題だったんですよ」

「ふうん……」

レオンは何か考え込む表情になった。

私は改めて図書館を見渡した。天井は高く、重厚な木材で作られた本棚は本で埋め尽くされている。左右の本棚は天井に届くほど高い。階段状になっている部分もあり、四階まで上がれるようになっている。足場があるとは言え、上ると怖そうだ。奥の方にも、ずらりと並ぶ本棚が見えた。

「ここの図書館すごいでしょ。個室もあるんだよ」

「そうなんですか」

高等学院に受かったら絶対来よう。

城下町を散策しながら歩いて帰った。途中見かけたスイーツ店に心惹かれたが、ぐっと我慢した。

雑貨店や宝飾店、服飾店も多数あり、休日ということもあって賑わっていた。そこかしこに《祝福日》の飾りつけも見受けられる。今年はどうしようかな。

とある店の前でふいに足が止まる。ガラス窓から見えるところに展示されていたネックレスに目が惹かれた。透明な桃色や黄色、黄緑色の石やガラスで花を作り、それを三つ横並びに繋げている。小ぶりで可愛かった。

「あれが気に入ったの？」

「えっ？　いえ、可愛いなと思って」

値段を見るとそこそこする。貯めているお小遣いで買えないこともないけど、そうすると贈り物が買えなくなる。やめよう、それに私にはまだ早い。

「足を止めてごめんなさい、帰りましょうレオン様」

「師匠、今日こそ男を見せるんですよ」

「弟子のくせに偉そうな……」

《祝福日》当日の昼過ぎ、ゴードンさんを探して私は訓練室にいた。

「贈り物だって、実は毎年用意しているんでしょう」

「お前エスパー？」

当てずっぽうで言ったけれど的中した。ヘタレ、ヘタレ過ぎですゴードンさん！

「師匠……頑張って下さいよ」

「マジなトーンで言うなよ。……頑張るから」

訓練室も今日は人が少ない。《祝福日》なので、それぞれ約束の人と会ったり、それらしい時間を過ごしているのだろう。しかしゴードンさんはヘタレていつも以上に訓練に打ち込んでいる。それが可愛いところでもあるんだけど……。

「私がそれを知ったところでどうにもならないんですよ」

「今なんか言ったか？」

思わず口に出していた。危ない。


西棟の食堂で行われる毎年の宴会では、ヘタレな師匠はいつも通りミランダさんの隣をキープしていた。私はエビのグラタンを頬張りながら、ゴードンさんを強く睨みつける。そうするとすぐ私の視線に気付いたようだ。さすが護衛。ゴードンさんが「何だよ」とでも言いたげに目を眇めたので、私は強い意志込めて見返した。「今年こそは誘え！」この際、年長者への尊敬の気持ちは省いた。

ゴードンさんは目元をピクリとさせ、目を逸らした。伝わったらしい。

デザートを食べ終えて食堂を抜け、まず自分の部屋に戻った。レオンには今年も贈り物は用意しなくていいと言われたが、机の引き出しに入れておいた紺色のリボンで結ばれた箱を取り出す。

サンルームの室内はランタンで灯されて仄明るい。窓際のソファには座っている人影があった。

「レオン様？　あれ」

レオンはソファに深く沈みこみ目を閉じていた。リラックスした様子で、両手は組まれて下腹部に置かれている。

「寝ているのですか？」

返答はない。耳をすませると規則正しい寝息が聞こえる。

ガラス窓から差し込む月の光がレオンの端正な顔を照らし、長い睫毛が影を作っている。きれいだった。

このような姿は多分誰も見たことがない——そう思うと、独占欲のような浅ましい感情が頭をもたげてきた。そのことにはっとし、頭をぶるぶると振った。危ない。

私の気配に気付いたのか、レオンの瞼がゆっくり開いた。

「マリア？　ああ、もしかして寝ちゃってたのか」

「遅くなってすみません」

レオンが自分の隣をぽんぽんと叩くので、そこに腰を下ろす。

「レオン様には用意しなくていいって言われてたんですけど、これ、貰って下さい」

私は部屋から持って来た箱を渡した。箱の中にはビロード張りのケースが入っていて、その中に収められているのは黒塗りの万年筆だ。貯めてきたお小遣いのほぼ全てを使った。

「これ……。ありがとう。用意なんてしなくて良かったのに。でも嬉しい」

「それなら良かったです」

「じゃあ僕も渡そうかな」

そう言って渡された小さな箱を開けると、ふんわりした布に巻き付けて固定されているのは三つの花のネックレス――この間、城下町で見かけたものだ。

「レオン様、これって！」

「気に入ってたでしょ？　これなら学院にも着けて行けるよ。そうだ着けてあげる」

そう言ったものの、レオンはネックレスの留め具に苦戦した。思わず忍び笑いをもらす。

「ありがとうございますレオン様」

「うん、やっぱり似合ってるよ」

胸元にちょこんと小さな花が咲いた。目を合わせて笑いあう。

「うーん、やっぱり眠いかも」

そう呟いたレオンが体の向きを変え、ソファに寝そべった。頭は私の太腿の上に置き、脚の半分以上をソファの側面に投げ出している。びっくりして下を向くと、レオンがにやりと笑っていた。いわゆる膝枕というやつだ。慌てて目線を前に戻す。太腿に感じるレオンの重みが恥ずかしかった。

「ちょっと眠っていい？」

「ね、眠いのならお部屋に戻られては……」

「もうちょっとマリアといたい」

「うっ……」

レオンが腕を伸ばし、私の頬を触ってきた。

「こっち向いてよ」

「なんだか恥ずかしいから嫌です」

「そう？　じゃあこうする」

レオンが身をよじり、あろうことか姿勢を私の方へ横向きに変えた。レオンの鼻や口が、お腹に当たっている。

「ちょっ」

「……マリアの匂いがする」

「や、やめて下さい！　もっと駄目！　さっきより駄目！　なんか駄目！」

身分なんてどうでもいい、レオンの体をがんがん揺さぶった。たまにある、レオンの変なスイッチが入りそうで怖い。

「もう、それでいいです」

必死なのが伝わったのか、レオンは元の姿勢に戻ってくれた。

「まあこれはこれで、いい眺めなんだけどね」

「？」

それからレオンにせがまれて歌を歌ったり、「今度は僕がしてあげる」と言ってきかないレオンに膝枕をしてもらったりした。下から見上げるレオンも格好良かった。

数日後、高等学院から入試合格通知が届いた。

第八章 ヒロインと出会う

襟のある白いブラウスに細い藍色のリボンを締め、青いラインの入った白いニットのベストを着る。グレーのフレアスカートはふくらはぎまでの長さで、くるりとターンするとふんわり広がる。胸辺りまで伸びている黒髪を後頭部の高めの位置で一つにくくった。これが一番気合いが入る。レオンに貰ったネックレスは、襟元でちらちら見え隠れしている。

鞄の中を再度チェックする。あとはブレザーを羽織れば完成だ。グレーのブレザーはスカート丈に合わせて短めで、胸ポケットには校章が金糸と銀糸で刺繍されている。

今日は高等学院の入学式だ。

そしてもうすぐ十六歳になる。

学院に受かったことは屋敷中の皆が喜んでくれた。ゴードンさんなんかは「お前、ほんとに頭良かったんだな」と感心していた。アンさんとミランダさんとはお菓子パーティーを開き、ダンさんはログハウスに本棚を作ってくれた。レオノア様のお茶会〝合格祝いスペシャルバージョン〟も開催され、ありがたくも訓練……ではなくご指導頂いた。

これからは学院生活で忙しくなるだろうからと、侍女さん達のお手伝いの一切をしなくていいと言われたが、寂しいから何かさせて下さいとお願いをし、結果朝食の手伝いをさせてもらうことになった。

今日は入学式のみで午後からの授業はない。生徒会長となったレオンは仕事があるので先に屋敷を出ている。私もそろそろ出かけよう。

リンカーランド国が義務付けている教育課程は初等学校と中等学校だ。もしくは、マシアス先生のような特別な免許を持った家庭教師を雇うこと。中等学校を卒業すると殆どは就職するが、貴族の大多数と優秀な者は、唯一ある王立高等学院へ進級する。正直、高額な学費を積めば優秀でなくても合格しやすいが、狭き門となっている学費免除枠の競争率がすごいのだ。学費を積めるのは貴族か豪商ぐらいなので、一般庶民は皆ここを目指す。私が必死になっていたのもこのためで、何とか免除枠に引っかかった。乙女ゲー「イケメン学園パラダイス」のヒロインは、トップクラスで合格しているはずだ。有名になっていると思うので、きっと見つけやすい。

高等学院は多数の校舎が隣接して建てられており、どれも白壁と赤瓦で統一されている。庇《ひさし》が広く作られた校舎の入り口は、美しいアーチを描いている。広大な敷地面積の中には、高等学院よりさらに進級した先の専修大学院もある。

入学式は講堂で行われた。在校生全員を収容出来るだけあって、かなり大きな建物だ。中の広さに驚いて、ぽかんと口を開けて周りや高い天井をきょろきょろ見ていると、同じように口を開けてきょろきょろしている女子生徒と目が合った。

とても可愛くてきれいな子だった。肩まであるフワリとした金色の髪は光を放ち、緑色の瞳は印象的で美しい。鼻もすっととおっていて、小さな桜色の唇。身長は私より少し低いくらいだろうか。まるで妖精。同性なのに見惚れた。

その妖精さんが私の方に近づいてくる。後方に知り合いでもいるんだろうかと後ろを振り向いたが、それらしき人はいない。前に向き直ると妖精さんが私の目の前にいて、しかもじぃっと見られていた。まるで吸い込まれそうでドキドキする。

「あ、あのう？」

どこかでお会いしましたか——してたら絶対忘れないと思うけど。

「可愛い……」

ん？　可愛いって聞こえましたよ。私が首を傾げると、妖精さんははっとして表情を改めた。

「ご、ごめんなさい。私、ジェーン・オースティンといいます。不躾でしたよね、すみません！」

「いえいえ！　私はマリア・アントワールです。初めまして」

「アントワール……！　ごめんなさい、失礼を致しました。私、このような場所が初めてで」

「いえいえ全然！　私も初めてで驚いてます」

「初めて……ですか？」

「そうなんです。同じ気持ちの方がいてほっとしました」

そう言うとジェーンさんはほっとしたように笑った。アントワールという名前で私を貴族と思っているのだろう。いい子そうだし、本当のことを言いたい……。

「一緒に座りませんか？」

「マリア様が良ければ、是非」

微笑む妖精さんを見てじっと考える。んーと、どこかで……それにこの反応、貴族階級ではないだろう。

「私、実家は城下町でパン屋をしてるんです。まさか高等学院に入るなんて思ってもみなくて。無作法があれば教えて頂けると助かります」

「私に様付けなんてしなくていいですよ。ジェーンさんはもしかして奨学生ですか？」

「あっ、はい、そうなんです。マリア……さん？」

「はい、ジェーンさん」

二人同時に笑い合った。なんとなく妖精さんとは仲良くなりそうな気がする。そして思い出した。この妖精さんこそが、乙女ゲーのヒロインだと。この容姿、パン屋の奨学生、何よりジェーン・オースティンという名前。前世で妹のゲーム画面を見て、「どっかの女性作家から安直に名前取ったよね確実に。小説は、好きだけどさー」とぼやいたのを思い出した。

そうか……ヒロインってこんなに可愛いのか。性格もよさそうだし成績も優秀だし、レオンの隣に立ったら美男美女カップルの出来上がりである。あとは私が早急に二人の接点を作るだけだ。

式の最中、在校生代表として生徒会長のレオンが登壇した。その時、女生徒が色めき立ったのは言うまでもない。「あっレオン様よ！」「私去年の離宮の舞踏会でお会いしたの～。本当、素敵……」「夜会服も素敵だけど、制服だって格好いいわぁ……」「あの瞳に見つめられたい」など、どこか上擦った声が聞こえる。

想像以上に大人気ですねレオン様。

「生徒会長ってすごく人気なのですね」

ジェーンさんは思いのほか冷静に言った。

「そ、そうですね」

この場で「知り合いです」、ましてや「一緒の屋敷で暮らしてます」なんて言ったら、聞き咎めた女子達に呼び出しをくらうだろう。レオンに学内で話しかけられることは多分ないだろうけれど、もしそうなったら注目は必至。うーん、頭が痛い。

壇上で堂々とかつ理知的に話すレオンはとても格好良かった。そして今、私がいる場所とその距離がとても遠く感じた。

式が終わり、振り分けられたクラスに向かう。妖精さんとはクラスも同じだった。

「これから宜しくお願いします」

「こちらこそお願いします」

選択科目は個別に移動するが、必修科目はこのクラスで行われるため、クラスメイトとは必然的に共有する時間が多い。クラス対抗のイベントもあるらしい。入学式後のオリエンテーションはクラス毎に行われ、履修登録や年間スケジュールについて説明を受ける。自己紹介ではアントワールの家名を名乗るのに罪悪感を感じた。「彼女、社交界デビューしてないわよね？」「黒髪の子なんていたら目立つのに」「アントワール家にいたかな……？」という疑問の声が勿論上がっていて、肩身が狭かった。

自己紹介の時に誰かが噂していて分かったことだが、妖精さんことジェーンさんは入試の成績が一位だったらしい。予想以上にすごい。しかしそんな情報どこから仕入れるの？　言い当てられた妖精さんは恥ずかしそうに真っ赤になっていて、そんな顔も可愛かった。多分クラスの男子も同じことを思っただろう。

あらかたの説明が終わり、本日は終了。履修表等を鞄に詰め立ち上がろうとした時、ジェーンさんが私の肩をつついた。

「マリアさん、今日はこれからどうされるんですか？」

「えっ。特に決めてないけれど、図書館に寄ろうかなー、なんて」

「もし良ければもうちょっとお話しませんか？　あの、私、マリアさんと……お友達になりたいです」

かわいい。

「勿論です！　お友達になりましょう！」

私はジェーンさんの両手を取って握りしめた。良かった、と照れ笑いするところも可愛すぎる。

「マリア・アントワールさん、ちょっと来なさい」

さっきまで教壇にいた担任が私を呼んだ。おいで、と手招きされている。入学初日から何かやらかした覚えはない。もしかして今ジェーンさんの手を取ったのがいけないのか？　もしかして担任って乙女ゲーの攻略対象だったりするのか？

「マリアさん呼ばれてますよ。私、このまま教室で待ってますね」

「あ、はい。ちょっと行ってきます」

担任のニック先生は若い男性で、専攻は数学。茶色の髪は短く切り眼鏡をしていて、顔立ちはよく見ると中性的だ。

「必修科目の数学のことですが、きみは免除になります」

「ど、どういうことですか？」

「そのかわり、隣の専修大学院で授業を受けてもらいます。あ、これ強制です」

「えっ!?」

「きみだけ入試問題が別だったでしょう。あれ大学院の問題なんです。見事クリアしたようですねぇ、おめでとう」

どうりで難しかった訳だ。

「数学は僕の教科なのになぁ。詳しくはこの紙に書いてあるんで。まあ頑張って下さい」

そう言って担任の先生は教室を出て行った。マシアス先生の言っていた直訴ってこのことだったんですね。


その後、ジェーンさんと二人で履修表を確認したり、とりとめのないお喋りをした。価値観が合うことが分かって意気投合、お互い呼び捨てで呼び合うことになった。貴族の方を呼び捨てだなんて、と腰が引けていたジェーンさんに、「本当は貴族の生まれじゃなくて、アントワールの家名は恐れ多い借りものなの」と打ち明けた。

「だから貴族扱いじゃないほうが嬉しい」

「……マリアがそう言うのなら。でも敬語は半分癖でもあるので、気にしないで下さいね」

ジェーンがそう言ってくれてホッとした。昔、レオンが「敬語を使わずにレオンと呼んで」と言ったのは、こういう気持ちだったのかもしれないと思った。

「マリアって可愛いですね。だから初めて会った時じぃっと見ちゃったんです。肌も陶磁器みたいに白くてきれいで、黒い髪も瞳も初めて見ました」

「ええ!?　ジェーンこそ妖精さんみたいに可愛いよ！」

「よ、妖精ですか？　またまた～」

「妖精もびっくりの可愛さだから！　ねぇ、私の黒い髪や瞳って珍しいのかな？」

「それきれいですよねぇ。城下町で暮らしてるから、いろんな土地の人を見てきたけど、今まで一人も見たことがないですよ」

「そ、そんなに？」

どうやらこの国に日本人的な容貌の人はいないらしい。


入試の日に心を奪われた図書館を二人で見て回った。今日も人気は少ない。入り口付近は吹き抜けとなっているが、そこから奥はフロアごとに区切られ四階と地下まであった。二階には屋外テラスもあり、二人で手すりの端まで寄って学院の敷地を見渡した。

「広いですねー」

「きれいだねー」

お上りさんみたいに二人キャッキャしていると、背後から床板をコツコツ踏む音が聞こえた。

「マリア？」

この声は紛れもない。

「レオン様!?」

ばっと振り向くと、制服を格好良く着こなしているレオンがいた。どうしてここに。ジェーンも振り返って驚きのあまり固まっている。

「あ、やっぱりマリアだ。お友達？」

「そうなんです、同じクラスのジェーンさん」

「初めまして、ジェーン・オースティンと申します」

ジェーンがスカートの端を摘み、ぎこちなくお辞儀する。いきなり現れた公爵子息に挨拶するのはハードルが高かろう、心中お察しする。

「そうなんだ。僕はレオンハルト・マグノリア。一応生徒会長だよ」

「はっはい！　存じ上げております。ご挨拶、素晴らしかったです」

「あはは。ありがと」

もしかしてこれは乙女ゲー的イベントなのでは。初登場イベントでヒロインはときめいて、レオンもヒロインのことが妙に胸に残るあれだ！　ジェーンはこんなに可愛いし、レオンもびっくりしているに違いない！

「そういえばマリア何組になったの？　僕は一組だけど」

「私達は二組です」

「そっか。ジェーンさん、これからマリアを宜しくね。それじゃ、また明日」

「はい！　さようなら先輩」

レオンはにこりと笑って図書館へ戻って行った。学内ではいつもより爽やかさが増している。それに今、「また明日」って言った。ジェーンのことが気に入った……？　目論見通りで嬉しいはずなのに、どこか胸がスースーする。

「……マリア」

「なあに」

「さっきのどういうことですかぁ!?」

あっ。


「ちっちゃい時からマグノリア家、ですかー」

「そう。運よく拾ってもらっちゃって……」

私はジェーンに生い立ちを話した。拾われるまでの記憶はない、と話した時にはジェーンのほうが涙目になって、私にぎゅっと抱きついてきた。

ちなみにここは城下町のジェーンの家で、部屋にお邪魔させてもらい、しかも階下で売っているパンを御馳走になっている。流石流行りのパン屋さん、カツやハムや卵のサンドにフルーツサンド、どれも美味しくてとまらない。

「会長ってすごく人気ありそうですよね、もしこのことが知られたら騒ぎになりそうですね……」

「やっぱりジェーンもそう思う？」

「なんか会長はあまり隠す気なさそうですけど……」

私もそう思った。不安だ。

「レオン様にとっては妹みたいな感じなんだけど、周りはそう思わないかも、だよね」

「妹、なんですかねー」

「ねぇ、ジェーンはレオン様どう思った？」

「どう、とは？」

ときめいたりした？　と聞きたいところだが、初日でいきなり突っ込み過ぎなので控える。

「レオン様やっぱり格好いいよね」

「あー……そうですねぇ。凄まじい人気を誇るくらいに格好いい方だと思います」

期待していたような返答ではなかった。ジェーンは先を少し言い淀んだ。

「ただ……」

「ただ？」

「失礼じゃなきゃいいんですが、こう、あの爽やかさの裏に何かがありそう」

鋭い。さすがヒロインである。悩みを抱えるレオンの陰の部分を出会ってすぐ感じるなんて。やっぱりレオンの心を支えてくれるのは、ヒロインのジェーンなのだろう。

また少しだけチクリと胸が痛んだ。

高等学院二日目の早朝、朝食のお手伝いでは大量の卵焼きを担当した。お皿には私が作った卵焼きとポテトサラダ、ベーコンのチーズ焼きを載せた。そして学院用のお弁当箱にも料理を詰めていく。事前に厨房の皆さんに許可はとっておいた。朝食とは別にお弁当を作ってあげるとも言われたが、丁重に辞退した。

「マリアー、これも弁当箱に入れなさい」

厨房のカウンターに西棟の料理長が顔を出す。手に持った小さなお皿には、美味しそうな肉団子の甘酢風味にレンコンのはさみ揚げ。それをカウンターに置くと料理長は引っ込んでしまった。

「ありがとうございます料理長！」

一年生は必修科目が多いので、殆ど教室で過ごすことになる。私の席は窓際の列の後ろから二番目と良い位置で、隣にはジェーン、後ろにはエドアルド・ローズベリー。ローズベリーと聞いてまさかと思ったが、やはりレオンのルームメイトだったケビン様の弟だった。赤みがかった茶色の髪でとても活発そうな人だ。茶色の瞳を爛々と輝かせている。

「俺のことはエドって呼んだらいいよ！　これから宜しく、マリアさん」

「宜しくお願いします、エド様」

人懐っこく、とても社交的な人だ。

お昼休みになり、お弁当を持って来ていない人はぞろぞろと食堂へ向かって行った。私もジェーンも、ついでにエド様もお弁当だったので教室にいる。

「一年の時は食堂の座席なかなか取れないって兄さんが」

「そういうものですよね～」とジェーン。教室には半数ほどの生徒が残っていて、各自座席でお弁当を広げていた。すでに仲良くなったグループで机を寄せ合っているところもあった。私達もそうしようと机を動かしていると、何やら廊下が騒がしい。きゃあきゃあと女子の歓声が聞こえるのだ。

「一年生の教室に何かご用なのですか？」「誰かお探しなのですか？」といった声に混じり、「会長よ～！」「レオンハルト様だわ！」という興奮した声も。

……ん？

徐々に歓声が大きくなってくる。なんだか嫌な予感がする。

「レオンー、お前、自分の影響力ちょっとは分かってんのかー？」

「二組だって言ってたんだよ。ここかな？」

上級生の男子二人組が、ひょこりと教室を覗き込む。教室に残っていた二組の生徒は全員ぴしりと固まった。一人、固まらずに反応したのはエド様だけである。

「あっ兄さん。レオン先輩も!?　お久しぶりです！」

がたんと立って敬礼の真似事をするエド様。

「あっエドだね。久しぶり。身長伸びたね」

エドのほうを向いたレオンが、その近くにいる私に気付いた。ばちりと目が合う。

「マリア！」

名指しで呼ばれた。横にいるジェーンが、ひぃっと声を上げた。私は悲鳴すら出なかった。

教室中が、レオン様達を追っかけていた廊下の生徒達も皆、私を見た。

体中にぶわりと冷や汗が出る。

レオンの隣にいる赤茶髪の上級生は私を認めると、顔の前で両掌を合わせた。ごめんねと言っているのか、可哀想にと拝んでいるのか。

そんな周りの様子を意に介さず、レオンは朗らかに続ける。

「マリア今からお昼だよね？　ジェーンちゃんと、あとついでにエドも一緒に僕達と食べない？」

ちょおー？

今、初めて、レオンのことを憎いと思った……！

ジェーンは案の定青ざめているが、エド様は嬉々としている。私は何色の顔をしているだろうか……きっと、青を通り越して白。

「やったー！　ほら、マリアさんもジェーンさんも行こうぜ！」

きみの能天気さが羨ましいよ。

周囲は固唾をのんで見守っている。見守っているというかちょっと睨まれている。ですよね、そうですよね、そうですよねぇ……！

「マリア？」

「はっはい只今！　参ります！」

こてんと首を傾げるレオンと、その可愛さにときめかせている女生徒達と、そしてのちに向けられる殺気を思い、左手にお弁当、右手でジェーンの手を握って震えながら教室を横切る。腰が引けているジェーンは「ごつ後生だからぁ……」と半泣きだが、旅は道連れ世は情け。お願い助けて一人にしないで。

レオンの横にいる上級生――おそらくケビン様――は沈痛な面持ちで私達を見ていた。エドも後ろについてくる。

「行きましょうレオン様、早急にここから離れましょう」

私は小声でレオンをせかした。背中にビシビシと多数の視線が刺さっているのが分からないのだろうかこの御仁は。「あの黒髪の子、誰？」「金髪の子は学年トップの庶民よ」「アントワールと名乗ってたけど」「確かに可愛いは可愛いけど、レオン様には釣り合わないわ」

勿論釣り合いませんよ、そうですよ～！

校舎を出て小道を抜け、レオンは私達を屋内庭園へと案内した。三階建てほどの高さで、全てガラス張り。正面からは奥が見えないほど巨大だった。

「ここ入っていいんですか？」

「いいんだよ。皆あんまり使わないけど」

庭園内は樹木や花々が美しく配置され、空気も澄んでいるように感じた。ベンチやテーブルも所々に設置されている。ダンさんが見たら喜びそうな場所だ。

三人掛けのベンチで向かい合わせに座り、それぞれお弁当を広げる。ようやく人目のない場所にたどり着き、私とジェーンは息をついた。

もう一人の上級生はやはりケビン・ロースベリー様で、エド様のお兄さん。赤みがかった茶髪で茶色の瞳、雰囲気も確かに似ている。レオンが手紙に書いていた「誰とでも仲良くなれる人」というのが分かる、おおらかな人だった。

「きみがマリアさんだねー、初めまして。聞いてた通り、とっても可愛いね」

さらっと言うお世辞も上手い。「初めまして」の部分でぱちんとウィンクされた。一度届いた手紙のことを思い出し、自然と笑みがこぼれた。

会話の内容はジェーンが学年トップで有名なことや、ケビン様によるオススメ選択科目講座、エド様による寄宿学校時のレオン武勇伝で盛り上がった。武勇伝を語られる時、レオン自身は苦い顔をしていて、ケビン様は思い出しているのか爆笑し、語っているエド様は目をきらきら輝かせていた。

いつの間にか、これからも一緒にお昼を食べようという話になる。場所はこの屋内庭園で、基本的に毎日集まることになった。

「レオン様、もう一年生の教室には来ないで下さいね」

私は意を決して言った。ケビン様はうんうんと頷いている。

「なんで？」

「騒ぎになるからです！」

ジェーンはぶつぶつと「この後教室に帰るのが怖い……怖い……」と呟いている。エド様は「怖いってなんで？」と首をひねり、その弟に「お前分かんないの？」とケビン様。ああ、ケビン様は空気が読めるんですね。私、嬉しいです。

「分かった。なるべく行かないようにする」

レオンがとりあえず約束してくれたので、一年生組は先に教室に戻ることにした。

クラスメイトからは何も聞かれなかったが、好意的でない視線を感じたのでそれはそれで怖かった。

「なーレオン、お前わざとだろ？」

「何のこと？」

「一年のクラスに行ったやつ。お昼一緒に食べたいんだったら、それこそ昨日でも今日にでも屋敷でマリアさんと約束すれば済む話だろ」

「うん、まあね」

「自分の人気は自覚してるだろ？　マリアさんがこれで虐められでもしたらどうすんだよ」

「もしそんな奴らがいたら潰すだけ」

「潰すって……」

「変な虫を寄せ付けたくない。先手をかけるのは定石でしょう。まぁ、女の子達については手を回すよ。それに、マリアにはそろそろ思い知ってもらわないと」

「怖えよお前」

ケビンは心の中でマリアに合掌した。


夜、授業の予習をしていると部屋の扉がノックされた。

「マリア、今いい？」

レオンの声だ。課題は終わっているので特にすることはなく、もう眠ってもいい頃だ。返事をして廊下に出る。

「少し時間ある？」

「大丈夫です」

レオンはいつからか私の部屋に一切入らなくなった。この時間に二人で話すとすれば、サンルームしかない。廊下では声が響くので喋らずに、サンルームに入ってようやく口を開く。

「今日は大丈夫だった？　あれから」

「あー……」

分かってるなら自重してくれないかな。

「かなり注目を浴びましたけど、不思議と何も聞かれなかったです」

——それが逆に怖い。

「うーん、そっかあ……。ごめんね」

「ジェーンもびくびくして……。そう！　ジェーンって可愛いですよね！　私初めて会った時なんて妖精さんかと思ったんですよ」

「うん、きれいな子だね」

レオンもジェーンに惹かれているのではないだろうか。探るようにレオンを窺う。

「？　どうしたの。心配しなくてもマリアも可愛いよ。――僕にとっては一番だよ」

レオンは嬉しそうに笑い、私の頬を両手ですくい上げる。こちらの胸が熱くなる、とろけるような笑みだ。

あ、あれ？

「え、えっと、レオン様」

「なに？　照れてる？　僕、ちゃんと可愛いって言ったことなかったっけ？」

ジェーンについては、それだけ？

レオンの顔が近づいてきて――顔を固定されている手を振り払うことも出来ず――その瞳を見続けることが出来ず、ぎゅっと瞼を閉じた。おでこに柔らかい唇の感触。続いて、左の瞼、右の瞼と、唇が落とされる度に聞こえる官能的なリップ音。

違う、これは違う。

いつもの挨拶のようなキスじゃない。

恐る恐る開けた目に映ったのは、今まで見たこともない、熱を孕んだレオンの瞳だった。

腰がくんと砕けそうになり、慌ててレオンが私を支え、抱きとめる。

「大丈夫？」

レオンが耳元で囁き、体が痺《しび》れた。

これは駄目だ。何だか分からないけど、駄目だ。

「だ、大丈夫じゃないみたい、です。今日はもう寝ます……」

レオンの胸に両手を置き、よろよろと一歩離れる。ふらつく肩を、寄り添うようにレオンが支えた。

「部屋まで一緒に行こう」

部屋に着くまでの廊下の道のりが長く感じ、心臓は高く鳴り響いていた。横にいるレオンは平然としている。

「学院で何かあったら、絶対僕に相談すること。いい？」

「はい。あの、すみません。他にもお話があったんですよね？」

「それはもう終わったよ。……思わぬ収穫もあったしね。おやすみ」

「おやすみなさい」

部屋に入り、ふらついた足取りでベッドに倒れ込んだ。

ジェーンのことを探るつもりだったのに、どこで間違えたんだろう。顔が熱い。あんなレオンの顔、見たことなかった。

――ほんとうに？

第九章　揺れる

学院生活が始まって間もない教室の空気はそわそわとしていた。昨日の昼から引き続いて不躾な視線をチクチクと感じる。

間違いなくレオンのせいだ。平穏な生活を送りたかったのに。

「マリアさん、ジェーンさん、行こうぜー」

エド様がお弁当を持ち、快活な声で私達を引っ張る。昨日約束した屋内庭園でお昼ご飯を食べるのだ。私もジェーンも、エド様の明るいところに救われていた。

「マリアさんってさ、レオン様と同じ屋敷で暮らしてるんだろ？　昨日兄さんから聞いた」

「げぇっ」

「げぇって何。面白いねマリアさん」

「あの、それ、他の人には言わないで下さいね……？」

「分かってる分かってる。兄さんにも言われたし。あっこれ、ジェーンさんにも駄目だった？」

「私はもう知ってます。……言った傍から迂闊ですよエド様」

ちくりとジェーンが釘を刺す。

「ごめんごめん。気を付ける。でもこれで昨日レオン先輩がやって来た謎が解けたわ。多分教室の皆、気になってんだろうな」

そうでしょうね。

屋内庭園に入り、昨日と同じベンチを探す。前方に二人の人影が見えた。レオンとケビン様だ。

昨日と同じように、三年生組と一年生組が向かい合って座る。

「ケビン様とエド様、同じお弁当なんですね」

「それぞれの好みに合わせて作るのは面倒だろうからね……」

ジェーンのお弁当はカラフルなサンドイッチ詰め合わせである。流石パン屋さん。

レオンのお弁当は東棟の料理人が腕をかけて作った高級感あるものだ。

「マリアさんの色々入ってて美味しそう」

私のお弁当箱を覗き込んでエド様が言った。

「そういえばマリアはお弁当どうしてるの？」

「西棟の朝ご飯を少しずつ詰めて、それと料理長がお弁当用におかずをくれます」

「そうなんだ。僕のお弁当作るついでに、同じのもう一つ作ってもらえるよ？」

「いえいえ滅相もありません！」

そんな豪華なお弁当なんて貰えない――勢いよく首を振った。

「ジェーンのサンドイッチも美味しそうだね」

「良かったら食べますか？」

「いいの？　じゃあおかず交換しよう～」

ジェーンのサンドイッチを一つ貰い、おかずを幾つか渡す。お互いに美味しいねと言い合って食べた。

話は何の委員会に入るかというものになる。レオンは生徒会、ケビン様はなるべく何もしたくない党。私とエド様は特に考えておらず、ジェーンは早くも生徒会の執行部に入らないかと打診があったそうだ。すごいことだし、レオンと接する機会も増えるしで勧めてみたが、本人は辞退するつもりらしい。

レオンとジェーンの会話が弾むように、なるべく聞き役で話を回したりしてみたが、思うような反応は得られなかった。

どうして？

乙女ゲーならそろそろイベントだとか、そういう一歩進む会話シチュエーションが展開されるはずなのに。二人きりじゃないと駄目なのだろうか？

屋内庭園から教室に戻る道すがら、どうしようかと頭をひねる。

そうすると、昨夜のレオンを思い出してしまった。僕にとっては一番だと言い、額や瞼にキスを落とす――ふいに息が詰まる。思い出すべきじゃないのに、体が熱を持ち、頬が熱くなっていく。

「マリア？　どうしました？」

様子のおかしくなった私を心配して、ジェーンが顔を覗き込んでくる。

「あれ、顔が赤――」

「黒髪ちゃんじゃない！」

突然、美しく透き通る声が響いた。前方を見ると、女子生徒が三名おり、リボンの学年色から判別すると三年生のようだ。黒髪といえば私しかいない。だが、知らない人達だ。

「ちょ、知り合いか？」

エド様が戸惑ったように言う。

「し、知らないです……」

「でも、あの人達こっち来るぞ。うえっ、あの三人は、社交界の姫トリオだ……」

エド様が柄にもなくたじろいだ。その様子に私もジェーンもどうしたのだと驚く。理由を聞こうにも、先輩方がすぐ傍にやって来ていた。

「お名前は？　黒髪ちゃん」

金髪のきれいな先輩が、小首を傾げながら尋ねてきた。動作が一つ一つ美しい。

「マリア・アントワール、です」

「あら、専修大学院にも通うことになった子でしょう？　すごいじゃない」

どうしてそれを知っているのだろう。

「隣の貴方も可愛いわね、妖精みたい。お名前は？」

「ジェーン・オースティンです、先輩」

「今年の入学生トップの庶民姫ね？　可愛いわね」

「その後ろにいるのは……ロースベリー家のエドアルド様ね。貴方、両手に花じゃない」

「同じクラスで役得です……お久しぶりです先輩方」

「あら、本当に私達のこと覚えているのかしら」

ふふふ、と笑う先輩方は、周りに花が咲いているような雰囲気がして華やかだ。

「じゃあね、黒髪ちゃん、妖精ちゃん。あとエドアルド様も」

「女の子同士で、今度お茶でもしましょうね」

「御機嫌よう」

そう言って嵐のように、優雅に去って行った。私達はその後ろ姿を惚けたように見ていた。

「めっちゃきれいだった……」

「すごく良い匂いがしました……」

「すごいぞ、姫トリオに喋りかけられるなんて……。社交界でも一目置かれているご令嬢達なんだ」

辺りを見回すと、このやり取りを注目して見ていた生徒達がいた。視線にびくりとしたが、羨ましげなものと、好意的なものが多いことに気が付く。

「……これで、マリアさんもジェーンさんも、大丈夫かもしれない」

「「?」」

エド様のその言葉は翌日実感した。一部の同級生達から向けられていた好意的でない視線が消えたのだ。社交界の姫トリオが気に入った者に下手なことをしてはいけない——という暗黙の了解なのだと言う。

「社交界もめんどくさいんだよ」

エド様が心底面倒そうに言った。そうでしょうね、と私とジェーンは頷く。

とりあえず、平穏な学院生活が送れそうだ。

これから始まる学院生活において、親睦を深める目的で一年の春にオリエンテーリング大会が行われる。場所は学院近くの山で、数ヵ所のチェックポイントを回り山頂を目指す。男女二人ずつの四人班を作らなければならない。ジェーンと困っていると、エド様が友人を引っ張って来た。

「あー、えっと、キットです。よろしく」

キットと名乗った彼はエド様より少し背が高くて細い。茶色がかった金髪で、青い瞳は冷静そうな雰囲気を出している。

「なんかエドに引っ張られてきたけど、いいの？　俺がここに入っても」

私とジェーンは歓迎の意を表し、お互い自己紹介をした。その際、「ああ、生徒会長に呼び出された女子だよな」と言われたが、その感じが淡々と事実を述べただけだったので好感を持った。

「よろしくお願いします、キット様」

「あー、その、様付けで呼ばないでいいです。こそばゆいから、キットでいい」

「え、じゃあ俺もエドでいい。もう敬語もよくね？　クラスメイトだし、友達じゃん」

「お前、本当は面倒なだけだろ……」

私とジェーンは顔を見合わせ、苦笑した。

「ということで友達が増えました。オリエンテーリングって、しんどいんですか？」

「いや、学院に馴染むのが第一目的だから、そんなにしんどくなかったよ。入賞したら学食券が貰えるはず」

夕食後のサンルーム、今日は私が紅茶を用意している。帰宅後すぐに「今日一緒に喋れる？」とレオンが尋ねてきたので、夕食後に約束をしたのだ。小鍋を借り、厨房の片隅でレオンの好きなロイヤルミルクティーを準備した。レオンのカップには蜂蜜も垂らしてある。存外甘い物に目がないのだ。

「キット君ってどんな子？」

「彼はですね、常識人です」

私とジェーンの共通見解だ。エドの暴走しがちなところを止めてくれる。

「なるほど、エドにぴったりの友人か」

レオンがかちゃり、とティーカップをソーサーに置いた。そして上半身をこちらに向ける。視線が私の横顔に注がれているのは分かるが、途端に緊張してしまい動けなくなってしまう。ティーカップを持つ手が小刻みに震え出した。

「紅茶、もう飲まない？」

紅茶の残りは少しだけだ。問われ、一気に飲み干したところをレオンが取り上げた。レオンの傍にあるローテーブルにティーカップが置かれる。

「あ、ありがとうございます」

レオンは私の方を向いたまま、私の髪をさらさら梳き始めた。レオンの指先が頭や頬に触れる度、過剰なほどぴくりと反応してしまう。それを俯いてやり過ごす。

どうして無言なのだろう。せめて喋ってくれればいいのに。

「あの、レオン様」

「ふふ。……そんなに怯えなくても、今日は何もしないよ」

想像以上に甘ったるい声だった。それだけで顔が赤くなる。

今日は何もしない……今日は、って何？

ちらり、と横のレオンを見上げた。レオンは手を止め、私を覗き込むように見つめる。紫水晶のきれいな瞳は細められ、優しい表情をしていた。

「あ……」

突然、がばりとレオンが覆いかぶさってきた。当然支えることなんて出来ず、体をやや捻った体勢のまま背中からソファに倒れ込む。レオンの体が私のすぐ上にあり、レオンの顔が私の肩口に埋まっている。

「今のは、マリアが悪い。あんな目で見るから……何なの」

何なのと申されましても。

レオンの息が熱く、首筋に熱が集まっていく。早くどいて欲しいのに、口はぱくぱくとしか動かないで言葉が出ない。体は勝手に震えている。この前のレオンを思い出すのだ。熱っぽくてどこか獰猛ででもきらきらしているレオン。体に力が入らなくなって、私は為す術がなくなる。

「今日は何もしない、何もしない、何もしない……」

レオンがぶつぶつ唱えながら、身を起こした。私を見下ろして疲れた顔をしている。

「ねぇ、怯えてるの？　それとも誘ってるの？」

私はよろりと起き上がってソファを立つと、紅茶一式をトレーに乗せた。レオンの目は見ない。

「戻してきますね、これ。お、おやすみなさい」

「……おやすみ、マリア」

がちゃがちゃカップを揺らしながらサンルームを出て、ようやく張りつめた息を吐き出す。体はやはり震えていた。

この前から、私達はおかしい。

私がおかしい。


オリエンテーリング大会では学校指定の体操着を着用する。紺色のジャージの長袖に長ズボン、白いラインや模様が入っていて、そこそこ洒落たものになっている。この日は水筒やお弁当、タオルを入れたリュックを背負い、学院に寄ることなく山の麓へ直行して班員と落ち合う。

出発地点でマスターマップを確認し、チェックポイントを地図に書き込んでいく。キットが最適ルートを提案し、支給されたコンパスを持って歩き始めた。

「どれくらいかかんの？」

「一時間半くらいかな」

「キット、分かるんですか？」

「え、まぁ、地図を見ればだいたい」

「任せてばっかりでごめんね」

まぁ、こういうの好きだし。と言うキットに道案内を任せ、雑談しながら良いペースで歩く。山は手入れされていて、深緑芽吹くこの季節、とても気持ち良い森林浴をしている気分だった。

「マリアは、生徒会長と付き合ってるのか？」

ふわふわ良い気分だったところを、急に現実に引き戻された気がした。しかも、それを訊いてきたのはキットだった。

「え、なななんで」

「そうじゃないかと思っただけ……違うのか？」

キットは囃し立てるのでもなくただ事実関係を聞いているような顔だ。ジェーンはちらちらと私を見て、エドはいつもより真剣な顔で凝視してくる。

手に変な汗をかいてきた。

「ち、違うよ。付き合ってる訳ないじゃん、私と、レオン様が」

「そうなのですか？」

そう聞いてくるのはジェーンだ。……知っている筈なのに。次に聞いてきたのはエドだ。

「……何もないの？」

「えっ、何!?　何も、って何？」

何、と聞かれると、先日覆いかぶさってきた色気たっぷりのレオンが浮かんだ。駄目だ、これ駄目なやつだ。

「ふーん……」

エドが面白くなさそうに私を見た。奇妙な沈黙が続いて、ザクザク進む足音だけがする。

「ごめんな、変なこと聞いて」

「え、ううん。キットがこういうの聞くとは驚いたけど」

申し訳なさそうなキットに笑いかけると、向こうもほっとしたようだった。ちょうど前方にチェックポイントが見えて、話は別のことに変わる。残りのチェックポイントも難なく巡り、山頂に着いたのは五組目という好成績だった。到着した班は下山開始まで自由時間となるようで、各自お昼ご飯を摂っていた。

「惜しかったですね。もう少しで賞品獲得でしたのに」

「上位三組は賞品狙いで走ってたからな――さすがに無理だろう」

「あっ、マリア、そのミートボールちょうだい」

「いいよって言う前に勝手に取ってるじゃん！」

エドの行動を横目に見たキットは、自分のおかずのミニハンバーグを私の弁当箱にそっと入れてくれた。私も無言でミートボールを進呈する。それを見たエドは、慌てたように自分の弁当箱を見ておかずが残っていないことに気付き、苦渋の色を浮かべて苺を差し出した。

「……私もたまにはそういうお弁当にしようかな」

美味しそうなフルーツサンドを食みながらジェーンが呟いた。


オリエンテーリング大会の行事が終わり、新入生達も学院生活に慣れてきた春の終わり。

レオンとジェーンの仲は全く進展しなかった。おかしい、あれだけ接点を作っているのにフラグが見えない。私はどこかで失敗してしまったのだろうか。ジェーンのほうは、素敵なレオンに対して一人の先輩としか見ていないようだし、レオンのほうは可愛く性格の良いジェーンについて良き後輩であり私の友人、とだけ認識しているようだ。

かと言って、ジェーンに他の男子とフラグが立っているかと言えば、そうでもない。こんなに可愛いジェーンをどうして放っておけるのだろう――と、目の前の妖精さんを見つめながら思う。

「マリア？　聞いていますか？」

「聞いてるよぉ。ジェーンってなんでそんなに可愛いんだろうね。気になる人とかいないの？」

「もう、聞いてないじゃないですか。この筆入れ可愛いね、って話してたんですよ。どこで買ったんですか？」

気になる人のくだりはスルーされた……。ここが教室だから？　また今度トライしよう。

「これなら手作りだよ」

出来る限り支出しないで済むように、作れるものはとりあえず作るのだ。筆入れなら筆記用具が入れば問題ない。

「えっ、これ自分で刺繍したんですか!?」

「そ、そうだけど……」

無地だと寂しいかと思い、適当に小花を刺繍した。そこそこ見られるものとはなっているが、ジェーンはそれを凝視している。あまり見られると恥ずかしい。

「マリア、お願いがあるんですけど……。刺繍教えてもらえません？　裁縫は出来るんですけど、こういうのはしたことなくって」

「え、いいよ。私で良ければ」

と軽く受けると、周囲にいたお嬢様達がこちらをバッと振り向いた。条件反射で体がびくりとする。彼女達の目線が私の顔と筆入れの間を行き来する。一人がおずおずと口を開いた。

「そのぅ、マリアさん、私達も一緒に教えてもらえないかしら……？」

「えっ？」

「私達、刺繍が苦手で」

そう言う二人は確か男爵家令嬢だ。ジェーンに目配せすると、いいですよと了承の微笑みをしている。二人にも大したものは作れないのだと説明すると、一緒に刺繍をするだけでもきっと楽しいからお願いします、と言ってくれた。

早速、明日の放課後に刺繍を教えることになった。残念ながら刺繍の本は持っていないため、三人にはあれば本と、刺したい図案を持って来てもらうことにした。

「それではお願いします、先生」

「せ、先生だなんて大げさ……ですよ」

外は風があるので、そのまま教室で行うことにした。他に残っている生徒はおらず、今教室にいるのは四人のみである。持って来てもらった本や、三人がどんな刺繍をしたいのか聞きながら、ちくちく縫い始める。所々皆の手元をチェックしながら雑談に花を咲かせ、何だかとても学院生活を満喫している気がしてきた。刺繍が淑女の嗜みというのは本当のようだ。これを機に、ジェーン以外のクラスメイトとも少し仲良くなれたと思う。ありがとうレオノア様、ありがとうお針子侍女さん！

会話の内容が恋バナというものに移ってきた。男爵令嬢二人とも婚約者はいないようで、「お二人はいますの？」という質問に私達はぶるぶると首を振った。

「あ、マリア。何してんの――って刺繍？」

私達が座っている椅子のすぐ近く、廊下に面した窓からひょいと誰かが覗き込んだ。色気を帯びた声、さらさらの銀灰色の髪、その美しい容姿――

「レ、レオン様」

驚きはしたものの、レオンのイケメン容姿耐性はついている。男爵令嬢のお二人はと言うと――驚きと羞恥で固まっていた。いきなり至近距離で現れるものだから分からないでもない。ジェーンはと言うと少し目を丸くしただけだった。

「レオン様こそどうして一年の教室に？」

「生徒会の掲示物の件でね。皆で刺繍をしてるの？　友達？」

「刺繍が上手なマリアに、私達三人が教えてもらっているのです」

そう答えたのはジェーンだ。レオンは窓からこちらに身を乗り出してにっこりする。

「マリア、刺繍仕込まれてたもんね。マリアから貰ったもの、大事に使ってるよ」

「え、あ、ありがとうございます」

昔贈ったハンカチや風呂敷のことだろう。まだ使ってくれているのかと嬉しくもあり、今ここで言わなくてもいいんじゃないかと思いもする。

「じゃあね、皆」

レオンはそう言って掲示物らしき紙を片手に去って行った。残された四人の間には奇妙な沈黙が漂う。これはどうしようかな、とジェーンを見ると、ジェーンも私と同じような顔をしていた。驚きから戻ってきた男爵令嬢の目が輝きはじめ、どう言われるだろうかと身構える。

「さ、さっきの、生徒会長のレオン様ですよね？　マリアさんお知り合いなのですね。それもかなり親しくされてますの？　そうですよねっ？」

「お二人はどういったご関係ですの？　入学当初、マリアさんを呼びに教室へ来られていましたよね。もしかして、秘密裏に婚約……!?」

「なっ、ないないないない婚約なんてないです」

「では、一体どういう……？」

婚約だなんて思いもよらない言葉が出てきてびっくりした。学校ではアントワール侯爵姓を名乗っているので、それが本当であればおかしくはないのだ。彼女達はいい人だが、私の出生やらを説明する訳にもいかない。ぐいぐい聞いてくるのは、かねてより気になっていたからだろう。

「え、ええと、幼馴染みたいなものでしょうか」

我ながらよく出来たと思う。嘘は言ってない、多分。

「そうなのですか。そういえば、アントワール侯爵家とマグノリア公爵家は親戚筋でしたわね。幼少期からお付き合いが？」

「そうですね、小さい頃に出会いました」

嘘じゃない。

「そうなのですね！　だからあんなに親しくされているのですね。羨ましくもあり、大変そうだなとも思いますわ……ほら、生徒会長って人気がおありでしょう」

男爵令嬢二人はすんなりと信じてくれた。その純粋さに申し訳なく思う。

その後は刺繍を続け、話題は幼少期のレオンのことになった。幼い頃からあのように格好良かったのか、どんな少年だったのか、現在婚約者はいるのかどうか。私は当たり障りなく答え、そのうちに城下町で流行っているものの話に移った。男爵令嬢二人とも優しく喋りやすい人で、ジェーンも打ち解けており、なかなか楽しい時間を過ごした。

同じ敷地内とはいえ専修大学院は教室から遠い。そのことを考慮してか、私のクラスの数学の授業は昼休み前の四限目か、最後の六限目に設定されている。今日は六限目の日だったので、授業が終わってからも時間を気にすることなく、教授に質問もできた。

季節は初夏に入り、制服もブレザーを脱いでベストだけ。気の早い男子なんかはもう半袖だ。大学院の方から、青々と茂った緑道を歩き教室に戻る。前方には帰宅を始めた生徒達がいた。

「あっ、黒髪ちゃーん！」

呼ばれた方を向くと、三人のきれいな女子生徒が手を振っていた。三年生の姫トリオの方達である。私は小走りで近づいた。

「こんにちは、先輩」

「今から教室戻るの？」

「大学院で授業受けてきたの？　どう、大変？」

以前声をかけられてから、姫トリオの先輩方はマグノリア家と懇意にしている侯爵家や伯爵家の方であることを知った。レオンとも既知の仲らしい。

「ねぇねぇ黒髪ちゃんはいつ社交界デビューするの？」

「デビューですか？　する予定はありませんが……」

「えっ？　レオン様は何も言わないの？」

「じゃあさぁ私のお家で開くお茶会に来ない？　私達だけのお茶会にするから、妖精ちゃんも呼んで、ついでにメイクとかドレスアップとかしてもいい？　ねぇねぇ肌触っていい？」

「あんたそれが目的でしょ」

「だって可愛いんだもの〜。すごく好みなんだもの〜。お人形遊びしたいじゃないい〜」

偶然出会うとこのように声をかけて下さり、不思議と可愛がってもらっている。一緒にいると楽しい方達だ。お茶会にお招き頂けるのなら、是非参加させて下さいと返事をして別れた。ジェーンもきっとそう言うだろう。

教室に戻ると、ジェーンとエドはまだ残っていた。後ろの黒板を見ながら喋っている。この三ヵ月で私達はとても仲良くなった。今ここにはキットはいないが、気兼ねなく話せて、自分の居場所だと思える友人がいることがとても嬉しい。二人を眺めて改めてそう思った。

「おかえりー。マリアは球技大会何に出るか決めましたー？」

「一緒のやつ出ようぜ。応援出来るし」

「ただいまー。もしかして待っててくれたの？」

夏季休暇に入る前、全学年で球技大会が行われる。クラス毎のチーム戦で、種目はいくつかある。勿論競技は男女別だが、同じ種目に出ると会場が一緒なので応援しやすい。

「バスケにしようぜバスケ！」

「私は別にいいですよぉ」

「じゃあバスケにしよう。エドはキットと相談しなくていいの？」

「あいつはなんでもいいんだってさ。今日は用事あるから決めといてくれって」

黒板に書かれたバスケ参加表に、ジェーンがきれいな字で四人の名前を書き込んだ。

「レオン様は何に出るんですか？」

「え？　何に出るんだろ」

ジェーンが「知ってるものだと思ってました……」と呟いた。うっかりしていた。ジェーンにレオンの雄姿を見せる良い機会だった。

最近、レオンとはサンルームで会っていない。変な雰囲気になってから、生活リズムを早寝早起きに変え、お風呂の時間をずらしたりして避けている。お昼休みは皆で一緒に過ごしているから、毎日顔は合わせているし、レオンのほうも普通――だと思う。

「マリアがバスケに出るって言ったら、多分同じのにするんじゃないですかね、あの方は」

「どうして？」

ジェーンのみならず、エドまで沈黙した。

なんで？


球技大会当日。雲一つない晴れた空、グラウンドで開会式の挨拶が始まった。ここでも生徒会長のレオンが壇上に立つ。生徒は皆体操服で、紺のラインが入った白い半袖シャツに、紺色のハーフパンツか長ズボン。着たい人は、紺色の上着を羽織る。レオンは膝が隠れる丈のゆったりしたハーフパンツに、上着を羽織っていた。

レオンが喋り終え壇上を降りると、次は副会長が壇上に上がった。タイムスケジュールの確認である。副会長は三年生の女子で、氷のような美貌を持つローズ様。レオンに次いで成績優秀、すらりとしたプロポーションの伯爵令嬢だ。女子生徒の憧れの的である。

「ローズ様美しいわぁ……」「会長とローズ様、お二人並ばれるとお似合いよねぇ」「豊穣祭は毎年お互いがパートナーらしいわよ」「婚約されるのかしら？　お二人ともまだ婚約者いないわよね」という声が聞こえ——えっ婚約者？　それに豊穣祭のパートナー……。ジェーンと結ばれるのではなかったの？　確かにゲームだと進展しているはずの二人の仲は、全く進展がない。私が二人きりの状況を作っても、何も変わりがないのだ。それは、お相手がジェーンではなくローズ様だから？　ゲームとは違う、主人公の友達にマリアという異分子（わたし）が登場しているくらいだ、他に変化があってもおかしくはない。

そうか、ローズ様という可能性も——。

「マリア？」

エドの声で現実に引き戻る。

「体調悪いのか？　すごい暗い顔だぞ」

「えっ、そんな顔してた？　元気だよ？」

「だったらいいけど」

エドは、元気出せと言うように私の背をポンポンと叩いた。

説明が終わり壇上から降りたローズ様とレオンが並んで立っている。美しい二人は、確かにお似合いのカップルだった。

バスケの試合は施設内で行われる。コート数が限られているため待機時間も多く、観戦席で試合を見ながら出番を待つ。試合に備えて髪をお団子にまとめようかと、くくっていた髪ゴムを外した。

「マリアの髪ってほんと黒いよなー珍しー」

後ろの席にいるエドが、私の髪を一房すくって言う。その横にいたキットが「おい女子の髪とか勝手にさわんな」と焦ったようだが、エドのすることだ、別にいいよと返す。

「なぁなぁ、三つ編みしていい？」

「やめておいたほうがいいですよ」

今度はジェーンがそう言った。私は別に構わないので、好きにしたらと髪ゴムを渡す。エドは新しい玩具を見つけたように「案外難しい」だの「女子って器用」など言いながら、私の髪で遊んでいた。だから、前しか向いておらず気付かなかったのだ——。

「何してんの？」

地を這うような、背筋が寒くなる声が響いた。びくりと振り返ると、笑っているのに目が全然笑っていないレオンがいた。エドもびびっている。こう見るとレオノア様によく似ている。

「マリア？　エド？　聞いてるんだけど」

笑顔を崩さず聞いてくるレオン。怖い、なんかすごい怖い。横でジェーンは顔をそむけ、キットは虚空を見ながら「だから言ったのに」と呟いた。

「え、いや、その、暇つぶし、みたいな……。俺達のクラス、もう出番です？」

「いいや、試合はまだだけど」

じゃあなんで怒ってるの？

「マリア、ちょっと来て」

レオンに手招きされる。正直こんなに生徒がいる中、近づきたくはなかったが、今のレオンを拒否出来る訳もない。素直に従って傍に寄ると、レオンは身を屈めて私の耳元に口を寄せた。唇が耳に触れる。

「今日サンルームね」

「はい……」

レオンはそう言って踵《きびす》を返した。何か分からないけど怒られる。情けない顔をして振り向くと、ジェーン達三人はとても微妙な顔をしていた。三人の元へ戻り、ぼそぼそ尋ねる。

「なんで怒ってるんだろう」

「そりゃ、髪を触らせたからだろ」

キットが間髪入れずに言う。ジェーンはうんうんと頷いていた。エドは首を捻っている。私も分からずにいると、二人に呆れられた。

私達のチームは三回戦まで進み、敗退。エド達は二回戦で敗退した。楽しかったので良しとする。

眼下では男子の決勝戦が行われており——レオンが活躍していた。観客も多く、黄色い声援も野太い声援も飛び交っている。両チームのクラスメイト達はコート横に集まって応援しているようだ。そこには副会長のローズ様もいた。同じクラスなんだ……。

コート内で走るレオンは格好良かった。素早いドリブルのあと華麗にレイアップシュートを決めると歓声が上がる。

「格好良いですねぇ」

「うん」

ジェーンに同意する。コート横のローズ様はクラスメイトと盛り上がりながら応援している。氷のような美貌が綻び、とても可愛かった。

大会はレオンのチームが優勝した。レオンは楽し気にチームメイトと肩を叩き合ったあと、ローズ様ともハイタッチしていた。

その光景が目に焼き付いて、しばらく脳裏から消えなかった。


夜、サンルームには早めに入り、ソファに座ってレオンを待った。後ろのほうで扉が開いて閉じる音がした。振り返らずレオンが隣に座るのを待つ。レオンは無言だった。

「レオン様……すみません。あとでキットとジェーンに聞いたのですが、髪は簡単に触らせるものじゃないんですね」

レオンは半身をひねり、私の頭に手をかけると、くくっていた髪をほどいた。そのまま何度も手で髪を梳く。

「マリア、バスケ上手かったね」

「ありがとうございます。レオン様こそ上手で……優勝されたじゃないですか」

「クラスのメンバーが良かったしね」

レオンが髪から手を離すと、今度は両腕で引き寄せられ、抱きしめられる。

「マリアの髪を触っていいのは僕だけの筈でしょ」

うん？　初めて聞いたけど？

「エドと仲良さげだし」

それは、実際仲良いのだし。でもレオン様だって副会長と仲良さげじゃないですか——と言おうとしてやめた。

これじゃあ嫉妬になる。

体を捻った体勢が苦しくなって、やや強引にレオンの腕から抜け出した。

「これからは気を付けます。か、課題が残っているので部屋に戻りますね、おやすみなさい」

返答を待たず、急ぎ足で部屋へと戻った。

公爵家の後継ぎとして——後継ぎでなくとも子息として——相応しい女性をレオンが妻に迎えた時、私は心から祝福できるのだろうかと不安になる。

なのに、どうしてレオンは私を抱きしめたりするの。

期末テストを終え夏季休暇に入る。テストの結果はまずまずの学年五位で、首位はジェーンだ。キットは上の下あたり。皆の結果を聞いたエドは驚愕の表情になった。

「皆なんでそんなに頭いいんだ!? 特に二人！」

「勉強したから」

「授業を聞いていれば覚えます」

私は結果を残そうと必死に勉強しているタイプだが、ジェーンは違う。一回の授業での集中力が凄まじく、そこで全て覚えてしまう。傍にいたキットがもの言いたげな目でジェーンを見た。その気持ち、分かる。

「で？ お前はどうだったんだ？」

「ええっと……追試が、一つ」

「「追試!?」」

私とジェーンが声をそろえ、キットはやっぱりなと嘆息した。どうやら数学が追試になってしまったようで、試験は三日後。私とジェーンに子犬のような目を向け、エドがお願いを口にする。

「数学教えて……」

そうくると思った。

エドのために勉強会を開くことにし、場所はせっかくなので図書室の個別学習室を借りることにした。試験も終わったので利用者はそこまでいないだろう。話し声も気にならないし、エド以外は夏季課題の調べものが出来る。

ジェーンとキットは委員会の用事があるらしいので、エドと二人で先に行く。学習室は思った通り空いていて、六人用の部屋を貸し切ることができた。エドにはマルの少ない答案用紙を出してもらい、どこを重点的に教えるか考える。演習用テキストを開いてもらうと、そもそもページを開いた形跡があまりなかった。軽く睨んだら「数学嫌いなんだよー」と情けない声音。これじゃあ赤点取ってしまうのも仕方ない。一つ一つ解いてもらい、様子を見ながら教えていった。

「なー、マリア」

「なーにー？」

「マリアってレオン先輩のこと、好きじゃないの」

「え？」

目先の二次関数が嫌になったのか――と思えば、エドは真剣な顔をしていた。思いがけない真剣な表情に戸惑う。

「え、えと」

息が詰まる。好きか嫌いか聞かれれば、好きだ。けれど、エドが聞いているのはそういうことじゃない――というのはさすがに分かる。別に好きじゃない、と言えばいいと思う。実際、そう思っているのなら。

レオンはいつも優しく私を抱きしめてくれる。そこにどんな意味があるのかは知らない。昔は抱きしめられてほっとしていた。でも、最近は辛い。

「マリア、俺――」

「遅くなりましたー。勉強進んでますか？」

張りつめた緊張感を打ち破るように、ジェーンが個別学習室の扉を開けて入って来た。後ろにキットもいる。

「え、あ、うん」

「……なんだか、不味いときにお邪魔しちゃいました……？」

「そんなことないけど……？　委員会、お疲れ様」

ジェーンとキットが苦い顔をしてエドを見た。エドは机に突っ伏してため息をついていた。

三日後、エドは追試をクリアした。二日連続で数学を教えた成果はかなりあったようで、先生からは「最初から勉強しておけ」と言われたそうだ。私はと言うと、数学を教えるのが楽しいことに気付いた。エドが分からないところを分かってくれた時、私も嬉しかった。自分で問題を解くのと、分かりやすいように教えるというのはまた別の頭を使う。それを考える工程はなかなか新鮮だった。私自身、収穫があったのだ。

夏季休暇が始まった。学校がある間は出来なかった、アンさんやミランダさん達と一緒に仕事したり、ダンさんの菜園を手伝ったり、ゴードンさんと訓練したりする。ヴィクター様も寄宿学校から帰省し、久しぶりのダンス練習を行った。ぐんと背も伸び、顔つきも青年へと変わってきている。

姫トリオのお姉さま方にお呼ばれしたお茶会では、私とジェーンは着せ替え人形のように色々な服を着せられた。先輩方は楽しそうにされていたし、お茶もお菓子も美味しくて楽しい会だった。

「この前は楽しかったですね。あんなドレス、私、初めて着ました。淑女も結構大変なんですね……コルセットとか」

今日はジェーンのお家に遊びに来ている。ダンさんが手土産にと今朝収穫した夏野菜を持たせてくれた。ジェーンのお母様には喜んでもらえ、美味しいフルーツサンドを御馳走になっている。

「あの～……マリア、つかぬことを伺うんですけど、ルドルフ・アシェンバートっていう三年生ご存知です？」

「ルドルフ・アシェンバート？」

聞いたことがあるような、ないような。一体どうしたんだろう。ジェーンの様子がおかしい。目は斜め下を向きながら、照れたような顔をしている。……可愛い。

「その人がどうしたの？」

「マリアも知らないですか……あのですね……」

そこからは少女漫画のような出会いの話だった。

城下町で人気のパン屋の娘、ジェーンは有名な美少女である。普段はそんな彼女に絡むような輩《やから》はいないのだが、夏の浮かれた雰囲気のせいか、観光客だったのか、チャラついた男二人組がジェーンに声をかけてきた。子牛亭という外食店を案内するよう頼まれ、人の良いジェーンは親切に案内する。目的地に着くと一緒に食べようと誘われたが、ジェーンはお断りをした。けれど男達は引き下がらず、ジェーンの腕を取って引っ張っていこうとする。渾身の力で振り払うも、もう一人がジェーンの腰を摑んで引き寄せようとした。ジェーンの体に悪寒が走り、助けを呼ぼうとした時、背後から「今すぐその手を離せ」と声がかかった。その声は若々しかったが、威圧感たっぷりだったそうだ。

輩二人組は背後を振り向き、相手が青年一人だと知ると喧嘩を売り始めた。「離さなければどうなるんですか〜」と。青年は無表情のまま近づいていき、摑みかかってきた輩Aを軽く投げ飛ばす。ジェーンの腰を摑んでいた輩Bも、青年に挑んだが一瞬で投げ飛ばされた。青年はジェーンに近づき、「大丈夫ですか」と声をかけ、輩達を再度追い払ったそうだ。

「夏は観光客も増えます。お気を付け下さい」

「は……はい……ありがとうございます」

まだ少し震えたままのジェーンを見て、青年は優しく笑い、頭をポンポンと撫でて去ったそうだ。

何それ。これこそ乙女ゲーのフラグというやつですね……!?

青年が去ったあと、ジェーンを助けようとしていた知り合いのおじさんが、彼のことを知っていたらしい。学院の三年生で、国一番の剣士になるだろうと期待されている有名人。その謳い文句なんか聞いたことがある。

目の前のジェーンはどう見ても恋する乙女だった。どうやらルドルフルートに入ったらしい……。

「多分その人、レオン様と寄宿学校でも一緒だった人だよ」

「そうなのですか？　でしたらアシェンバート姓って、やっぱり貴族様ですよね……」

そう言ってジェーンは顔を曇らせる。

「私が思うに、きっとこれからご縁があって、何度も遭遇するよ」

フラグが発生したのなら間違いない。何の確証もないのに自信たっぷりに言う私に、ジェーンは不思議そうな顔をしながら頷いた。

レオンとくっつかないにしても、ジェーンは幸せになって欲しい。レオンルートからは外れたということだが——ならばレオンは誰と？　婚約者になるだろうと噂されているローズ様だろうか。気品のある伯爵令嬢、この夏の社交シーズンで婚約の話が上がってもおかしくない。二人とも、もうすぐ卒業なのだから。


「あ、レオン様。おかえりなさい」

夏季休暇に入り、レオンは忙しくしている。社交界への顔出しに加え、昼間は王立騎士団の訓練によく参加しているようだ。今日も騎士団へ行っていたらしく服が汚れている。

「ただいま。マリアはこれからどこか行くの？」

私は汚れてもいい服装に着替え、玄関ホールから外へ出て行く途中だった。

「菜園の方に。夕方になったら出てくる虫を駆除するんです」

正直あの手の虫は苦手だ。毎年対峙しても、うねうねと這い回る姿に慣れない。でも彼らに大事な野菜ちゃんを食べられるのはもっと避けたい。

微妙な顔をしていた私に、レオンは苦笑しながら「頑張ってね」と言う。そこで、ジェーンから聞いた話を思い出した。

「そうだ、レオン様ってルドルフ・アシェンバートって方ご存知ですか？」

「……ご存知だけど？」

レオンの声は一段低くなった。

「どのような方なのです？　恋人や婚約者はいらっしゃるのでしょうか」

「……それ聞いてどうするの」

「え？　ええと……」

レオンのご機嫌がななめになった。急に。この状態のレオンは怖いのだ。ジェーンがルドルフを気になってるんです――とは勝手に言えない。ほんの少し調査しようと思っただけなのに、こんなことになるなんて。

「すみませんでした！」

ぺこりと頭を下げて全力で走った。菜園に着いた頃には首に汗がべったり。暑さのせいだけじゃない気がする。

菜園仕事を終え、夕ご飯を食べ終えて部屋に戻ると、しばらくして扉がノックされた。レオンなのだろうか――と身構えれば、意外なことに弟のヴィクター様だった。

「ヴィクター様、珍しいですね。どうされたんです？」

ヴィクター様は難しい顔をして私を見下ろしている。彼は、「あんまり口は出さないでいようと思ってたんだけど……」と前置きした。

「マリアさ、兄上と喧嘩でもした？　何かあった？　あの人すごく機嫌悪いんだけど。怖い」

「機嫌悪いままですかぁ……喧嘩をした訳じゃないんですけど」

「絶対マリア関連だと思うんだよね、僕。もうねー、兄上の機嫌取るのなんて簡単だから。マリアがちょっと上目遣いでにっこりしてダンスでも踊れば大丈夫だから。ね？　お願い」

「何が大丈夫なのかちっとも分かりません」

「明日からも家族の食卓であんな機嫌悪い兄上と一緒とか嫌なんだよ。休暇中に聞きたいこともあるし、このままこじらせて闇落ち——とかなったら困るのマリアなんだよ？」

「やみおち？」

「だから今日これから兄上と喋ってダンスでも踊ってきてよ。兄上には言っておくから、大広間に集合ね」

「えっ、そんな、ヴィクター様!?　それに私汗かいてるのにまだお風呂入ってませんし！」

「大丈夫大丈夫。じゃあ大広間に行っといてね！」

ヴィクター様は小走りで東棟へ行ってしまった。レオンとよく似ていて強引だ。でも従うしかない。せめてお風呂に入ってからが良かった。髪だけでも梳き直してお団子にまとめる。

大広間には誰もおらず、コツコツと自分の足音が響いた。蓄音機でワルツをかけていてもいいだろうか。何か曲が流れていたほうが少しでも和やかになる気がする。チェストボードからレコードを選んでいると、カツカツと足音が聞こえた。恐る恐る振り返る。

「レオン様……えと」

「なあに？　マリアが待ってるから行けってヴィクターに言われて来たけど」

レオンの機嫌は直っていなかった。そもそも何故？　っていうかヴィクター様、私に全部丸投げしたな！　そんな子じゃやなかったのに！

あ、と目に止まったのは懐かしい円盤。ダンスを習い始めた頃に踊ったワルツ曲だ。引き出して蓄音機に取り付け曲を流すと、大広間に懐かしいメロディが響く。

レオンもこの曲を思い出したのか、少しだけ顔のこわばりを解いた。今がチャンスとばかりにレオンに近づき、ヴィクター様に言われたように上目遣いというものをする。

「レオン様、踊って頂けませんか？」

「……うん」

レオンは私を自然な仕草で引き寄せ、同じタイミングでステップを踏み出す。踊りながらレオンを見上げると、無表情で私を見下ろしていた。機嫌なんて直らないよヴィクター様！

「……マリアの聞いてきたルドルフのことだけど」

「うあっ？　はい」

「寄宿学校の剣術試合で一度も勝てなかった、恐ろしく強い奴だ。学院の三年生で、騎士団に入ることが決まっている。……誠実で真面目、彼女とか婚約者の話は聞いたことがない」

「そう、なのですか。ありがとうございます。……友達が、ルドルフという方のことが気になっているようでお聞きしたんです」

「友達」

「はい」

レオンは足を止め、身を屈めて私の肩に額を押し付けた。そして大きくため息をつく。

「……ほんと、駄目だなぁ僕は」

声音が先程と違って柔らかい。少しほっとする。

「ねぇ、いつまで待てばいい？　もうそろそろ限界なんだけど」

「え、と」

レオンは私に喋りかけているようでもあり、独り言にも聞こえた。

「いつになったら追いついてくれる？」

「追いつく？」

「……せめて、スタートラインまで」

「？？？」

顔を上げて苦笑したレオンは、私の頭を撫でてダンスを再開した。機嫌は直ったようでほっとした。

翌朝、すれ違ったヴィクター様は笑顔で親指をグッと立ててきた。

グッジョブ！　って、丸投げしといて貴方……。

残りの夏季休暇も変わらず過ごした。レオンはとても忙しくしていて殆ど屋敷におらず、在宅時は屋敷の部屋を改修だか整理をされていたようであまり顔を合わせていない。

正直、それで助かった。最近どう距離を取ればいいのか分からない。迂闊に近づけば、その優しさに特別に想ってくれているかもしれないと勘違いしそうになり、遠のけば寂しい。ずっと傍で支えたいけれど、そもそもそれは叶うのか。生涯を共にする妻——副会長のような——が隣に立った時、私は心安らかにしていられるのだろうか。

そんなことを考え、でも答えは出ず、夏が過ぎた。

第十章 彼の人は暴走する

夏季休暇が終わり、学院再開日初日。話題は一ヵ月と少し先の豊穣祭パーティー――で持ち切りだった。理由は、一限目が始まる前にクラスに配布された、豊穣祭要綱とパートナー申請用紙である。一週間後の期限までにパートナーを決めなければ、未申請の者の中で勝手にパートナーを選ばれてしまう。その方法は教員によるクジ引きだとの噂だ――学校行事であるので、一曲目は必ず参加しなければならない。横暴にも思えるが、社交も教育の一環だと言われれば従うしかない。

申請用紙を見ながらため息をつく。

「どうしようかなー」

「マリアはレオン様とパートナーになるのではないのですか？」

「えっどうして？　噂じゃ毎年副会長と一緒に出てるみたいだし、それに前、裏方が楽だとも言ってたし……」

「でもそれはマリアがいなかっ……」

「じゃあ俺と出ようぜ！」

ジェーンの言葉に、突然エドが割り込んできた。

「俺、別に彼女いないし、好きな子もいないしさー」

「そうなの？　じゃあ一緒に出よっか」

「マ、マリア、一応レオン様を誘ってからのほうがいいと思うんですけど……」

控えめに、けれどどこか必死に言うジェーン。キットは微妙な顔をしている。

恐れ多くも、私からレオンを誘ったとして……断られるという想像に至り、胸が痛くなった。そして私に、ほかに誘えるような相手がいないのだと、心配されてしまうだろう。

「大丈夫だよ。レオン様にわざわざ断らせるのも悪いし、もし一緒に出てくれたとしても釣り合わないよ。周りから嫌がらせも受けそうだし」

「釣り合わないことなんてないし、断りそうもないですけど」

「んじゃ俺、申請出してくるな！」

「ちょっと、エド！」

エドは私の申請用紙に勝手に名前を記入して、教員室へ走って行った。キットはその背を追いかける。

ジェーンはその後ろ姿を見ながらため息をついた。

「嫌な予感しかしないです……」

その日の夕方、部屋にレオンが訪ねてきた。日が暮れる前にレオンが帰ってきているのは珍しい。少しうきうきした様子で、廊下に立ったまま話し始める。

「今日、収穫祭のダンスパートナーの説明あったでしょ？」

「あ、はい。エドと出ることになりました」

レオンが一瞬固まった。

「エド？」

「はい、同じクラスの……エド」

レオンの顔が次第に無表情になっていく。なんだか、とても怖い。レオンは無言で私の部屋に入り、後ろ手に扉を閉めた。私が一歩後ろに下がると、レオンがまた一歩距離を詰める。そのままじりじりと窓際へ追い詰められた。

どうして私は逃げているのだろう。

「なんでエド？」

「えっ？　どうしようか迷ってたら、誘われて」

両肩をぐいっと摑まれる。

「なんで迷うの？」

「なんでって……」

「マリアの相手は、僕しかいないでしょ」

「だって、副会長のローズ様と出るんじゃないんですか？」

摑まれた両肩にぐっと力が入った。少し、痛い。

「……マリア、本当に分からない？」

そう言ったレオンの瞳が、危険な色を帯びた。そして一瞬のうちに唇を奪われる。数秒、強く唇を押し付けられ、離される。

「これでも分からない？」

レオンは呆然としている私に、今度は噛みつくようなキスをした。荒々しく唇を食《は》まれて、離れようとレオンの胸を押すも全く動かない。キスから逃れようにも、いつの間にか後頭部に手が回され固定されている。呼吸をしようと口を開けると、熱い舌が潜り込んできた。

「……ふぁっ」

歯列をなぞり、舌を絡ませ、レオンはより奥深くに入り込もうとする。口内を蹂躙しては、音を立てながら唇を何度も吸い、また舌を絡ませる。次第に抵抗する気力もなくなり、気付けばすがるようにレオンの服を引っ張っていた。口の端から涎《よだれ》が垂れる。

ようやく口付けから解放されると、頭がぼうっとし、腰が砕けて立っていられずその場に座り込んだ。レオンはその様子を満足気に見下ろしていた。瞳はぎらぎらと輝いている。

舌なめずりするのを見て、ぞくりとした。

「もう、いいや」

そう言ったレオンは身を屈めると、腰が抜けて動けない私を軽く横抱きに持ち上げ、部屋から出て西棟の南端にある部屋に入った。昔、当主の妹様が使っていた部屋で、今は空き部屋になっているはずだ。掃除は定期的にされていてきれいで、豪華な調度品が鎮座している。

そこにある豪勢なベッドに放り投げられる。スプリングが効いて体が跳ねた。「レオン様、さっきから一体――」言葉途中で覆いかぶさってきたレオンに口を塞がれる。

「僕にとって、どれだけマリアが大事なのかまるで分かってない。それが分かるまで、この部屋から出ないで」

レオンは呆然とする私から身を離し、軽やかにベッドから下りた。

「昨日から両親とセドリックは領地の方へ行ってる。しばらくは帰って来ない——覚悟してね」

執事のセドリックさんまでいないということは、二階を使う人は誰もいないということだ。それが一体どういう意味なのか。

「……夕食は持ってくるから。隣の浴室でも使っててよ」

レオンが部屋から出て行った後、ガチャリと重い音が鳴った。まさかと思って扉に近づいて開けてようとしてみるも。

「開かない……嘘でしょ」

閉じ込められた。中から開けるには鍵が必要なタイプだ。扉をドンドンと叩いても、なかなか気付かれないだろう。多少無理をすれば窓から脱出できるだろうが、そこまですると私達の何かが壊れそうな気がする。

部屋にあるもう一つの扉を開けてみると、続き間になっていて、洗面台に小さな浴室とトイレがあった。さっきレオンが言っていたのはここか。

「……どうして」

あんなキスをしたの。

自問自答するも、本当のところ答えは分かっているのだ。

私はレオンが好き。本当は、ずっと、ずっと前から好き。そして多分、レオンも、私が好きなんだ。

私だって、そこまで馬鹿じゃない。純粋に好きだった気持ちのままなら良かったのに、いつからか恋に変わってしまった。でもずっとはぐらかしていた。だって私は相応しくない。何も持ってない。何もレオンにあげられない。だからレオンは相応しい人と添い遂げて欲しいと思った。

こんな筈じゃなかった。


することもないので浴室で体を洗い、部屋に戻ると食事が用意されていた。猫脚の丸いテーブルの上に、ローストチキンにサラダとパン、きのこのパスタが置いてある。けれどレオンの姿はない。

とりあえずテーブルと揃いの椅子に座り、黙々と食べる。

レオンが来たらどうしたらいい？　今まではぐらかしてきた自分の気持ちとレオンの言動。「もう、いいや」と言ったレオンが何をするつもりなのか——このまま軟禁？　まさか、拘束？

扉からガチャリと音がし、体がびくっと震えた。

「あれ、もう出てきたんだ」

「ご、ご馳走様でした」

レオンはゆっくりと私に近づきながら、ベッド傍に上着を落とし、甘ったるい声で「おいで」と言った。それでも動かなかった私に、「でないと酷いことするよ」とにっこり笑って言うので、その腕の中に自分から行くしかなかった。

苦しいくらいぎゅっと抱きしめられて、レオンが私の耳元で囁く。

「マリア、ちゃんと言うよ。好きだ。大好き。愛してる。絶対、一生離さない。――たとえ、マリアが僕のこと好きじゃなくても、マリアは僕のものだ」

「レオン様、わたし――」

「僕の傍を離れるなんて許さない。ドロドロに甘やかして、愛して、愛して、僕なしじゃいられない体にする」

ん？

「そうだ、それがいい。ずっとここにいればいい。正直、他の男になんか見せたくないし、学院なんてもう行かなくていい」

腕の拘束がゆるみ、レオンを見上げる。熱っぽく潤んだ瞳と目が合い、凄まじい色気にあてられた。そしてとても危険な色を孕んでいて――本能的に腰が引けた。

「もう逃げられないよ」

一歩一歩と迫られ、後退していると脚がベッドに当たった。両肩を押され、ベッドに背中から倒れ込む。レオンは私の浮いた足を取り、靴を脱がせてベッドに乗せ、すぐさま覆いかぶさった。両の掌を抑えつけ、体の上に跨っている。その一連の動作が鮮やか過ぎて、為す術もなかった。私は、本能的に感じる恐怖を押し込めて言う。

「レオン様、私は何も持っていません」

「マリアがいてくれたらいい」

「あなたに相応しくない」

「そろそろもう敬語はやめてよ」

「わたしは――」

「まだ、何も分かってない」

レオンは身をかがめ、首筋に吸い付いてきた。吸い付きながら舌で舐め上げられ、ぶるりと鳥肌が立つ。両手と下半身を抑えつけられて身動きが取れない。

「れっ、レオン様、ちょっと待っ」

「待てない」

レオンが左手を外し、私の胸を揉んだ。躊躇《ちゅうちょ》なかった。音を立てながら首筋を吸い上げて、起こした顔は満足げだ。

「どれほど愛したらマリアは分かってくれる?」

レオンは私の額に、瞼に、頬に口付けを落としていった。そして唇を何度も啄むと、そっと舌を侵入させた。さっきとは違い、口の中を優しく蹂躙され、頭がぼうっとなっていく。知らず、熱い息がこぼれた。

いつの間にかブラウスの釦が外され、左右に広げられると、再度私の両手は抑えつけられた。ブラウスの下に着けている柔らかいコルセットが丸見えになる。

「えっ?」

「――僕の子どもを孕んだら、ようやく分かるかな」

レオンがごくりと唾をのんだ。その様子に――警鐘が鳴る。

これは、貞操の危機……。

胸を押し上げるようにおへその辺りから編み上げているコルセットの紐を、レオンがどんどん外していく。嘘でしょ！

全ての紐が外されてコルセットが取り去られ、乳房が露《あらわ》になった。レオンは右手で乳房に触れ、弾力を確かめるように揉み始めた。羞恥に顔から火が噴き出そうだ。

「小っちゃい時から知ってるけど、いつの間にこんなに発育したの？」

「れ、レオン様、やめて下さい……」

「はぁ。マリア、きれいだ……」

レオンが空いているほうの乳房を舐める。

「ひっ、やめ、やめて」

「そう言いながら抵抗してない」

それはあなたが私を抑えつけているからで、抵抗したところで力が強いからです！

レオンは私の訴えを聞かず、片方の乳房を揉み、もう片方は舐めたり吸ったりして遊んでいる。

きっとこのまま、レオンは止める気なんてない。下手な抵抗をすれば、多分、一切抵抗出来ないように縛られる。何故か確信を持って言える。抵抗するなら一瞬で決めないと――

「んっ」

乳房への刺激に、体が勝手にびくんと跳ねた。肌に触れているレオンの口が、笑みを浮かべたのが分かる。

「マリアも興奮してきてる」

ツンと尖ってしまった胸の先をぺろりと舐められ、息をのんだ。そのまま吸い付かれ、舌先でその先端をいたぶられる。

「ひっ、う」

感じたことのない甘美な疼きが、舌先で弄ばれているその先端から足先まで走った。もう片方の揉みしだかれていた乳房の先端は、親指と人差し指でくりくりといじられている。

びくびくと体が反応していく私を、レオンは体全体で抑えつけながら、長い間愛撫《あいぶ》し続けた。

「れ、おんさま、やっ、めてください……」

「ん？」

顔を上げたレオンがとても幸せそうに笑っていて、一瞬このままどうなってもいいと思った。けれど。

「マリア、愛してる……」

レオンが唇にキスしようと腰を浮かせ、両手の拘束も一瞬緩んだその時。

「御免なさい！」

体全体を捻るように、左膝をレオンの下半身にある大事な一物に打ち込み、右の拳は迷いなく喉を殴った。そして悶絶したところを手刀でオトす。

意識を失ったレオンが、ぐったりともたれかかってきた。

私はなんて酷いことを――罪悪感に胸が痛むが、レオンの体力と武術技量をナメてはいけない。たとえ今すぐ起き上がっても驚かない。

必死にレオンの下から這い出すと、ベッド傍に落ちているレオンの上着の下に縄を見つけた。人を縛るのにちょうどいい感じの。

この人やっぱり私を縛るつもりだった。直感は正しかった。

私はその縄でレオンの両手を後ろ手に縛った。厳重に、厳重に。それでもすぐ力ずくで引きちぎりそうな不安があったため、両足首も縛っておいた。これで時間は稼げるだろう。

外されたコルセットを着けなおし、ブラウスを着る。ブラウスは皺だらけになってしまった。

レオンの上着を探り、薔薇の意匠を彫った鍵を見つける。この部屋の鍵で間違いないだろう。夏季休暇に忙しくしていたのは、この扉の工事だったのかもしれない。あの時すでに軟禁する準備を整えていたのだ――そう考えるとゾッとする。

それでも。

「私もレオン様が好きです……」

そっとレオンの髪を撫でた。

もう自分をはぐらかすのは止めにする。レオンにならば、軟禁されても監禁されてもきっと許してしまう。

――けれど、今は逃げよう。

この乙女ゲー、全年齢のはずなのに！

こ、こんな筈じゃなかった……。

逃げるといっても行き先は一つしかない。ダンさんが建ててくれたログハウス――。部屋に戻って服を用意し、急いで迷路庭園へ向かった。逃げてどうするという話だが、とりあえず落ち着いて考えをまとめたい。レオンにも頭を冷やしてもらいたい。明日からどうするか考えよう……、半ば現実逃避なのは分かっていた。

それでも、ログハウスに入って鍵を閉めると少し安心した。持って来た寝間着に着替え、来ていた服はラグの上に畳んで置く。三つほどランタンに火を灯し、ベッドに座ってぼんやりした。思い出すのは先程のレオンである――されたことにはびっくりして怖かったが、嫌悪感はなかった自分自身にも驚いている。それに、あんな、告白……。少し、怖いことも言っていた気がするけど、愛してるって……。そして私をあんな風に舐め……。

動悸が激しくなり、ごろごろとベッドの上を転がった。もう誤魔化せない、私はレオンが好きだ、ずっと傍にいたい。明日、正直にそう言おう。

一旦落ち着いて考えがまとまったので、そろそろ寝ようとした時、玄関扉のチャイムが鳴った。高く澄んだ音に高揚していた気持ちが冷め、サァッと背筋が寒くなる。

「マリア、いるんでしょ？」

どうしてこの場所を知っているの。さっき確実にオトしたし、両手足にした縄の拘束はどうしたの。それにどうしてこんなに早く!? 扉の向こうからは冷静なレオンの声。私は純粋に恐怖した。

「開けてくれないと蹴破るよ。そうしたら、ダンが悲しむだろうなあ」

ダンさんが作ったということまで……。レオンなら簡単に蹴破りそうなので、仕方なく扉を開けにいった。レオンはさっと中に入ってきて、扉を後ろ手に閉める。にっこり笑った顔が、怖い。

「よ、よくこの場所が分かりましたね、レオン様」

「マリアの行くところなら分かるよ」

「……」

「前に、もう逃げないって約束したよね。お仕置きが必要かな？」

さっきのは逃げても仕方ないんじゃないかなぁ!?

自然と一歩後退したのを見て、レオンが真剣な顔をする。

「僕はマリアが好きだ。マリアが何と言っても離すつもりはない。でも、もし……マリアが僕のことを好きじゃないなら言って欲しい」


「好きです」


レオンが一瞬固まる。

「好きです、レオン様が好きです。私は何も持ってないし、レオン様の役に立てないかもしれないけど、ずっと傍にいたいです。ずっと、ずっと前から、レオン様が好きです」

そう言うと、一瞬で間を詰めたレオンに抱きしめられる。

「僕も、ずっと前からマリアが好きだよ。マリアがいてくれたことで、僕がどれだけ救われたか、知らないだろうね」

「救われたのは私の方です」

「違う。記憶のない不安の中、毎日精一杯生きるきみを見て、僕は救われた。励みになった。例え父上の子じゃなくても、公爵家の者として恥じないよう頑張ってこれたのはマリアのおかげだ——」

「そんな」

「公爵家の嫡男じゃなくても、僕は僕だと、どこまでもついてくるって言ってくれたことが、どれだけ嬉しかったと思う？　好きだよ、愛してる……」

「レオン様……」

「……二人きりの時は、レオンって呼んで」

「……レオン」

どちらからともなく、優しいキスをした。レオンに熱っぽい瞳で見つめられ、幸せに溺れるというのはこういうことかもしれないと思った。

好き、大好き。

ぎゅっと抱き着いて、胸に頬をすり寄せた。

「じゃあ、お仕置きの時間かな」

えっ？

「お仕置き……？」

そろりと顔を上げると、いい笑顔のレオンが私の顔を覗き込む。

「もう逃げないって言ったのに僕から逃げたのが一つ目。エドとパートナー申請したのが二つ目。僕がどれほど傷ついたと思う？」

顔には「いいこと思いついた」と書いてあって、傷心している様子なんてない。

まずい。そもそも、レオンがここを突き止めた時点でゲームオーバーだったと気付くべきだった。

「僕のこと好きなんだよね？」

「す、好きです」

「なら僕の言うこと聞いてくれるね？」

「え、えええ……」

レオンは部屋中にある十数個のランタンに火を灯していった。薄暗かった室内は、足元が橙色に照らされて仄明るくなる。レオンは暖炉前のラグの上に裸足で上がり、私を手招いた。そして唇にキスすると、こう言った。

「脱いで」

「え」

「それとも僕に脱がせて欲しい？　破いちゃうかもよ」

「……本気？」

レオンは答えるかわりに服の上から胸を揉み、先端を摘まんできた。コルセットはもう着けていない。この寝間着のワンピースを脱ぐと、ショーツしか履いていない……。

「ここ、立ってきた」

服の上からも分かるくらい、いじられて乳首がツンと尖っていた。恥ずかしい。レオンは乳房をすくい上げ、服の上から吸い付いた。

このままだとべちょべちょにされて結局脱がされるのだと分かった。

「ぬっ、脱ぐから、離れて」

そう言うとレオンは簡単に身を引き、私をじっと見つめる。震える手でワンピースを脱ぎ、薄緑色の小さいショーツ一枚の姿になる。レオンはその様子を舐めるように見つめていた。顔が熱くなって、腕で胸を隠す。

「これでいい？　もう着ていい？」

「え？　何言ってんの？　まだまだこれからだけど」

胸を隠していた腕を取られ、万歳をするように持ち上げられると、「そのままね」と命令される。私の体をじっくり観察するレオンの息が荒くなっていく。両手で乳房を揉み、すーっと腰まで手を撫でおろす。そして小さいショーツに親指をかけた。

「れ、レオン」

レオンは指を離すと、私の体をぐいぐい押して、ベッドに倒れ込ませた。私の下半身を抑えつけるように上に跨ると、自分のシャツを素早く脱ぎ捨て、ベルトを引き抜く。レオンの鍛えられた逞しい胸が露になった。

両腕を抑えつけられて、激しく口を塞がれる。唇を舐め、吸い上げ、舌をねじ入れられる。ねっとりとした音が響き、時折離される唇と唇の間には糸が引いた。絡めてくる舌に応えるように、おずおず舌を絡ませてみると、レオンが唸った。口付けの激しさが増す。片腕の拘束が解け、その手で乳房を揉みしだかれた。互いの息が荒くなっていく。

「んっ、ふぅ」

「マリア、可愛い」

レオンはいったん私の体から下りると、私の脚を軽く持ち上げ、左右に開かせた。私が恥ずかしさで閉じようとする前に、脚の間に自分の身体を入れてそれを阻む。そして両膝を掴むと、強引に開脚した。

「やめて、恥ずかしい……ねぇ、レオン」

「これからもっと恥ずかしいことするのに？」

レオンがその脚の間をショーツの上からなぞった。体がびくんと反応する。

「もう濡れてる」

「！」

くりくりと敏感な部分を擦られる。

「やっ、やだ、んっ」

なにこれ。恥ずかしいのにレオンを止められない。全神経がそこに集中していて、動悸が激しくなっていく。びくっと脚が勝手に震える。

「本当に可愛い……。ようやく、僕のものにできる……」

レオンの指がショーツから離れて、今度は両手で乳房を弄ぶ。手で弾いてぷるぷると揺らされ、ピンク色の先端を指で摘んだり挟まれたりしていじめられる。乳房に痛いくらい何度も吸い付かれ、先端はぺろぺろと舐めたり甘噛みされたりを繰り返された。私はたまらなくなって身を捩らせ、体が熱く疼いていった。

「んんっ、れ、レオン……」

「気持ちいい？」

「そ、そんなこと聞かないで」

「じゃあ体に聞こうかな」

レオンは揉んでいるほうの乳房の乳首をきゅっと摘み、もう片方の尖った先端を口に含むと、蹂躙するかのように素早く舌を動かしてそれをいたぶった。

「っ！　やぁっ……」

くすぐったいような、甘い甘い快感が走る。逃れようにも抑えつけられていて、身をわずかに捩るくらいしか出来ない。これ以上されると頭がどうにかなってしまいそうだ。

唾液で濡れた先端に、ふぅと息を吹きかけれるとゾクゾクした。

「れっ、レオン、気持ちいい、から、だから……」

そう言うとレオンの愛撫はさらに激しくなった。熱くて、気持ちよくて、頭の中がとろとろになっていく。

「レオン、き、キスして……」

その願いは叶えられた。片手は乳房を揉まれたまま、貪られるようなキスをされる。

脚の間に何か固いものが押し付けられる感触があって、急に私のそこも熱くなる。

「愛してる、マリア。愛してる……」

レオンは身を起こすと、私のショーツの隙間から指を入れた。びっくりして反射的に脚を閉じようとしたが、片方はしっかり抑えつけられていたので無理だった。割れ目の部分に指を当て、上へと滑らせる。

「見つけた。マリアが、好きそうなところ」

レオンがそこを指で触り、くるくると撫でた瞬間、体がびくびくと反応した。

「やっ、レオン、何を」

「可愛い……」

レオンは恍惚《こうこつ》とした顔をして、私が身に着けていた最後の布切れを脱がせた。その隙に、私は頑なに脚を閉じようとする。ここまできて抵抗もどうかと思うが、恥ずかしいものは恥ずかしい。

「マリアの全てを僕に見せて」

うっすらと汗をかいたレオンが、私の脚を持ち、膝を強引に割った。抵抗もむなしく、ものすごい力で開脚させられた。そこが丸見えになり、レオンは魅入られたようにじっと見ている。たまらなく恥ずかしかった。

「そんなに、見ないで」

「きれいだよ、とても可愛い……」

レオンはゆっくり、その割れたところに指を一本差し入れた。剣を持つごつごつとした指がぬるりと入ってくる。じゅぽん、と音を立てて引き抜いた指は、てろてろと濡れていた。レオンはその愛液をぺろりと舐めた。

「ばっ、馬鹿！」

「おいしい」

そう言ってもう一度中指を差し入れ、今度は別の指で割れ目の上にある突起のようなものを撫でた。ぬるぬると擦られ、頭が変になっていく。指の動きに合わせて少し腰を振ってしまった。

「ここが好き？」

腰を振ってしまったことが恥ずかしく、首をふるふると振った。レオンは微笑して「素直じゃないよね」と言うと、顔をそこに近づけていく。レオンがしようとしていることが分かり、一瞬頭が真っ白になった。

「駄目！　レオン、駄目！」

指を引き抜いたレオンは両手でがっちりと私の太腿を抑えて開かせた。そこに顔を近づけ、溢れる蜜を舐めとるように舌を動かした。

「レオン、やめて、……あっ」

割れ目に舌を入れられ、べろりと舐め上げられる。そして、さっき撫でられまだジンジンしている場所にいきつくと……焦らすように周囲を舌でなぞられた。思わず腰が動いた瞬間、レオンにそこを吸い付かれ、舌先で転がされて舐めまわされる。

「やだっ、やっ、んんっ、れおんっ」

「気持ちいいんでしょ？　ここから、どんどんマリアのが溢れてきてる」

「やだ、うそ。んっ、んんんんっ」

「素直になったら言うこと聞いてあげる」

さらに舌先でいたぶられると、あまりの快感に脚はびくびくと震えてしまう。

「やっ、んっ、気持ちいい、です。だから、やめて……」

「可愛いなぁ……」

レオンは秘密の穴に指を入れ、そこをちろちろと舐め続ける。

「二本でもまだきつい……」

指を入れたまま、舌は舐めまわすように愛撫を続けている。

「あんっ……う、うそつき！」

「マリアが可愛すぎるのがいけない。そんなに気持ち良さそうによがって……本当は止めて欲しくないの、知ってる」

入れられた指が円を描くようにゆっくり回され、私の……濡れたもので、くちゅくちゅと鳴る水音がものすごく恥ずかしいのに、レオンの舌先に快感を与えられ続けて自分のものとは思えない甘い声をあげる。いつの間にか指が三本に増やされていて、ぐちゅぐちゅとさらに卑猥《ひわい》な音が響いていた。

「れおん、れおん……」

レオンは夢中にそこを責め立てる。指が動いて鳴る淫らな水音と、ぴちゃぴちゃと舐め、蜜を吸う音が響く。

「どうした？」

「きっ、気持ちよくて、……んっ、変になりそう、なの」

「なったらいい」

レオンの舌の動きが激しくなり、ぞくぞくと快感が増えていく。体の奥底から何か熱いものがせり上がってきて、居ても立っても居られない。勝手に腰が動き、身をくねらせた。

「やっ、あっ……んんんーっ」

体がびくびくと震え、秘密のそこに入れられたレオンの指をきゅうきゅうと締め付けた。どくんどくんと心臓が鳴り響いている。ひくひく動く恥ずかしいそこを、上気した私の顔を、レオンがじっくり観察している。

「み、みないで……」

「イった？　すごく可愛かった……」

レオンはじゅるると秘所に入れていた指を抜き、まだひくひくと動いている入り口を見ている。脚を閉じようにもしっかりと抑えられている。馬鹿、馬鹿、馬鹿、馬鹿！

「マリア、ごめん、もう我慢できない」

ズボンと一緒に下着を脱ぎ捨てたレオンの脚の間には、大きな肉棒がそびえ立っていた。はち切れんばかりに膨れ上がっていて、私の目には凶悪に映った。

「え……」

強烈に存在感を放つそれが、私の入り口に押し当てられる。レオンは溢れ出ている蜜をすくい、己の猛ったものに塗りつけた。レオンの息は上がっていて、首筋から胸へと汗が滑り落ちている。相当な色気を醸し出していた。

「それを、入れるの？」

「入れる」

「むり、むりむりむり」

絶対入んない！　しぬ、しんじゃう！

「ゆっくりするから、ごめん、僕も限界なんだ……」

レオンの顔が本当に辛そうだったので、私は「や、優しくしてね」と月並みな台詞を発した。辛そうに笑ったレオンが、私の脚を抱えながら、侵入してくる。大きいそれの圧迫感がすごかった。

「大丈夫？」

「ん、大丈夫……」

ほんと言うと全然大丈夫じゃないけど、レオンの方が辛そうだったので我慢する。レオンは私の胸を揉んだり、敏感なところを擦ったりしながら奥へ奥へと入ってくる。

「すごい、締めるね……」

「そっういうこと言わないで！」

「マリアのなか、あったかい」

レオンの凶暴なソレに、私がぎちぎちに引きちぎられそうな感じで、痛くて痛くて痛かった。泣くつもりはないのに、勝手に涙が一粒こぼれた。レオンが私の体を優しくさする。

「ごめんね、痛いね。マリア、好きだよ……」

「ん……私も好きです……」

「ごめん、そろそろ一気にいくよ」

「っ、痛っ！」

レオンは私の腰を捕らえ、ひと突きで貫いた。何かが破られるような痛みが走り、ぎゅっと目をつぶる。目尻からこぼれる涙をレオンの指がすくった。

「ごめんね」

ふるふると首を振る。下を見ると、レオンのものが全て入っていた。何だか嬉しくて、レオンの腰に脚を絡めてぎゅっとする。でも、頼むからもう動かないでほしい。

「マリアは可愛すぎる……」

身を屈めたレオンが私の唇をとらえ、何度も何度も啄《ついば》んだ。レオンの首に腕を回し、もっと欲しいとおねだりすると、口付けが深くなる。レオンの汗ばんだ体をぺたぺたと触り、鍛えられた脇腹をさする。唇を離して私を見下ろすレオンは壮絶な色気を纏っていて、瞳は情欲に駆られていて、胸の奥がきゅんとした。ずっとこうしていたい。

「そんなに締めつけないで……動きたくなる」

レオンが少し腰を引き、ずるりとレオン自身も引き抜かれていった。そしてもう一度、私の中へと突くと、ぐちゅりと卑猥な音がした。

「痛くなかった？」

「う、うん」

レオンはゆっくりと動き出した。その度に、くちゅり、ぐちゅりと水っぽい音が響く。その度に大きな圧迫感が波のように押し寄せ、レオンの息遣いは切実なものへと変わっていった。

「っ、んっ、れおん、きもちいい？」

「気持ちよすぎて、どうか、してしまいそう」

「んっ、よ、よかった」

「マリア、好き。愛してる……もう、我慢、できない」

「がまん？　は、しないで……。れおん、すき」

レオンは苦しいのと嬉しいのが混ざったような表情で微笑むと、二、三度激しく突いて、奥の奥まで自身のそれを突き立てた。低く呻くと、レオンに絡みついている私の中に自身の激情を放った。

くたっと強張った体が弛緩する。

「れおん？」

「うん？」

じゅぼっとそれを引き抜くと、蜜口からどろりと白濁したものが溢れ出した。私の液と混ざりあい、ぐちゅぐちゅになっているのが分かる。

「ええっと、これって」

「僕のものでいっぱいだね……」

レオンは恍惚とした顔をして、私のぐちゅぐちゅになっているそこを撫で回した。敏感な突起に触れられ、火照った体がまたびくんと反応する。その様子を見てレオンが不敵に笑った。

「マリアのここは、まだまだ足りないみたい」

いやいやいや！　もう無理だから！

「そんなことない、それに、レオンは……」

レオンの脚からそびえ立っているものを見て固まった。私の蜜でぬらぬらと輝き、ぱんぱんに猛っている。さっきちらっと見えた時は、しゅんとしていたのに！　なんで？

「それに、もっとお仕置きしないとね」

耳を疑う。レオンはとてもいい顔をしている。

「え？」

「二つ目のお仕置き。僕、まだ許してないから」

嘘でしょ。

第十一章　お仕置き、再び

「う、嘘だよね、レオン。私、もう無理だよ」

「嘘じゃないし、無理じゃない。何度だって啼かせてあげる」

レオンは私の脚を開かせると蜜口に指を差し入れ、わざと音が響くように空気を孕ませながら、ぐちゅぐちゅとかき回した。赤く腫れあがった花芽をくるくると指で擦っていじめる。

「あっ、やっ、ん」

「ほら、欲しがってる」

「ちが、これはレオンが、……あんっ」

「でも、ここからはお仕置きだからね」

じゅぽっと指を抜き、怖いような笑みで私を見下ろしたレオンはベッドを下りた。私の両手を引っ張り、同じくベッドを下りる。歩いている最中、脚の間からとろとろと白濁したものが流れて脚をつたった。恥ずかしい。

書き物机の前に移動し、邪魔な椅子をどかしたレオンは、私の両手を机に付かせ、お尻を突き出した格好をさせた。

「えっ、やだ」

背後にまわったレオンに腰を摑まれ、もう片方の手で背中を押さえつけられ、さらにお尻を突き出す羽目になった。レオンの猛ったものがお尻につんつんと当たる。

「お仕置きだって言ったよね。もっと恥ずかしいお仕置きがいい？」

真っ赤になりながら、ふるふると首を振った。でも！　そもそもお仕置きされる意味が分からないんですけど！

「ほら、もっと突き出して」

背中をぐいぐい押され、弓ぞりになってお尻を突き出す。恥ずかしい。体を捻って、後ろのレオンを振り返った。

「恥ずかしい、もうやだ……」

「可愛い……想像以上にえろい」

私の話なんて聞いちゃいない。レオンはのぼせた表情で、瞳はぎらぎらに輝いていた。肉食獣を思わせる舌なめずりをして、それを見た私の濡れそぼったそこが、きゅんと反応する。こんなレオンも格好いいと思ってしまった私はどうかしている。

「いつの間に肉付きも良くなったの？　すべすべでぷるんとしてる……気持ちいい、可愛い、最高にえろいよマリア」

褒めてんのかそれ。レオンはさわさわと突き出されたお尻を撫で、ぐにっと掴む。

「ううう……」

えろいのはアンタだ。

レオンは猛った自身を私にあてがうと、一気に奥まで貫いた。

「あんっ」

机に前腕を置いて踏ん張る。さっきとは違う……すごく、奥まで当たっているのが分かる。レオンは私の腰に手をあて、大きくかき回すように熱い塊を動かした。その動きにつられて腰を振ってしまう。

「え？」

「や、やだっ」

「嫌じゃないくせに。ほら、自分で動いてみて」

レオンががっちり腰を掴んで、ゆっくり私を前後に揺する。その度に、じゅぶり、じゅぶりと卑猥な音が響く。

「やっ、あっ、あっ」

さっきとは違う快感が私を何も考えられなくする。ベッド上での愛撫のせいで、私のそこは蕩け切っていた。恥ずかしいことに気持ち良くて、まともな思考が出来なくなり、頭の悪い子みたいな声しか出ない。急に、レオンが掴んで揺すっていた手を離した。

「あっ」

「さっきみたいに動いて」

「えっ？」

「出来るでしょ」

これはお仕置き——言われた通りにしないと、これ以上何をされるか分からない。私がエロい子だからじゃない、きっと——そう自分に言い聞かせ、言う通りに腰を振ってみた。机に手をついて踏ん張って、ギリギリまでレオンのを引き抜き、ぐちゅりと突き刺す。自然とため息がでるほど気持ち良かった。そんな自分が少しショックで、でもそうさせているのはレオンだと思うと、この快感に素直に甘んじてもいいのかなぁ。ぐちゅぐちゅと音を立てながら、一心に腰を動かしてみる。レオンは私の腰に手を添えるだけで、目の前の痴態を眺めていた。そう考えるとさらに恥ずかしいのに、言われた通り腰を振り続け、よがって甘い吐息を漏らしてしまう。

「可愛い。マリア、いい子だね。気持ちいい？」

「ん、ふぅっ……きもち、いい」

「マリアがこんなに淫乱な子だとは思わなかったなぁ」

レオンの手が前のほうに伸び、乳房を下から鷲摑みにした。人差し指と中指で器用に尖った先端を挟み、くりくりと弄ぶ。

「んんんっ」

「今、自分がどれだけ恥ずかしいことしてるか、分かってる？」

レオンが意地悪く囁く。その口調はとても楽しそうだ。私はこくこくと必死に頷いた。でもこの快感を手放せそうにない。ぐちゅり、くちゅりと卑猥な音を立てながら、レオンのもので気持ちいいところを擦ってしまう。

「んっ……こう、させたのは、レオン……」

「あれ？　僕のせい？」

レオンはもう片方の手を、下の敏感な突起へと伸ばした。ぐちゅぐちゅになっている花芽に触る。甘い刺激が全身に走った。

「やああんっ」

「でもこれじゃあ、お仕置きにならないなぁ」

私はもう頭がおかしくなる寸前だった。レオンは動きを止めて、両手を私の腰においてがっちり摑んだ。嫌な予感がする。

「マリア、これはお仕置きだからね」

振り返って見たレオンはまるで飢えた獣だった。背中を強く押されて弓ぞりになり、お尻を再度突き出す。

「でも可愛く啼いて欲しいから……マリアの好きなところに、するね」

レオンが性急に腰を動かし、猛ったそれを中に打ち付け始めた。ぐじゅぐじゅと水がかき乱される音と、パンパンと肌が打ち合わされる音が響く。打ち込まれる衝撃に、机にしがみついて必死に耐えた。レオンは的確に私の気持ちいいところを突いてくる。あられもない嬌声が勝手に出た。

「あっあっあっあっ、やっ、やめっ、んっ」

レオンは荒い息遣いで、打ち付けることをやめない。強烈な快感と、卑猥な音が響いておかしくなってくる。

「れっ、れおんっ」

名前を叫んだ私の声を聞き、レオンは一瞬動きを止めた。レオンの息も上がっている。

「な、に？　痛いの？」

「い、痛くないけど、お、おかしくなりそう」

「……僕はずっと前からおかしいよ」

レオンはそう言うと、私の片脚を下から抱えて持ちあげた。

「ちょっ、まっ」

持ち上げて片足で立たせたまま、パンパンと構わず己を打ち込む。

「やっ、あっあっあっ」

「そろそろ、限界……」

「や、んっ……」

レオンが愛液で濡れそぼった赤く腫れた花芽を指で愛撫した。強い快感が全身を貫き、体全体がびくびくと痙攣《けいれん》した。ぐちゅぐちゅにされているそこも、レオンの肉棒を貪るように締め付ける。

「……くっ」

レオンも己を締め付けるその奥へ、欲望を解き放った。

ぐったりして倒れそうな体を、レオンが後ろから抱きしめて支えた。ずるりとレオンのが引き抜かれた後、蜜口からぼたぼたと白濁したものが出てきた。

「うぁ……」

その溢れ出る量に引いた。どうするんだろうこれ。っていうか本気で孕ませようとしてるよねレオン……。

抱きついているレオンの体は熱く、息がすごく荒かった。そのまま二人でベッドに倒れ込み、レオンにぎゅっと抱きしめられる。

「マリア可愛かった……好き、好き、絶対離さない」

「れ、レオンは意地悪だった」

「マリアがえろいからだからね」

「違う！」

「こんな体しといてよく言うよ……」

乳房をぎゅっと摑まれ、乳首をきゅっと摘まれる。

「やっ、もう、馬鹿！」

「あははは」

レオンの、こんなに幸せそうな笑い声は久しぶりに聞いた。後ろから抱き込まれる心地にうっとりとしていると、急に睡魔が襲ってきた。

「あとは僕に任せて、眠って」

「……ん」

「……愛してる」

私は幸せな心地で眠りの淵に落ちた。

なんだか眩しい。瞼の向こうは太陽の光だ。え、朝？

ぱちりと目を開けると、見慣れない光景が現れた。ふかふかのベッドに、窓から差し込む太陽の光、誰かに後ろから抱きしめられているような温かさ。むにむに揉まれている胸。

「えっ!?」

「あ、起きた？　おはようマリア」

後ろからレオンの声がした。

「おはようございますレオン様、えっ、裸!?」

レオンも私も裸のままだった。レオンは後ろから私を抱えて乳房を弄んでいる。一体いつから。

「レオン様、じゃないでしょ」

「……レオン、この手をどけてくれる？　んっ！　言ってるのに！」

きゅっと乳首を抓られ、びくんと体が反応する。

「感じやすいよねマリア。さっきまで寝ながら喘《あえ》いでたよ」

「う、そっ」

「ほら、もうこんなになってる」

レオンが私の脚の付け根のほうに手を伸ばし、ねっとり濡れている秘所に指を入れた。くちゅくちゅと刺激されると、自然にお尻をレオンへ押し付けてしまう。

「可愛いなぁもう」

ちゅっ、と耳にキスをされ、背中がぞくぞくとした。

な、流される訳にはいかない。

「や、やめっ、あんっ。じゃなくて！　学院に、行かなくちゃ！」

「もう休む連絡はしてるよ。安心して」

「え、えええ!?　なんで、勝手に、やぁっ」

愛液を敏感な部分に擦りつけられ、ぬるぬるになった花芽をくすぐられた。勝手に腰が揺れて、レオンの勃起したそれがお尻に当たる。

「そんなに欲しいの？　これ」

レオンはくすくす笑いながら、私の太腿にすでに大きくなったそれを挟み、蜜口や花芽を擦るように前後に動く。ちゅくちゅくと蜜が擦れる音がする。敏感なそこを、指で触られるのとはまた違う刺激に、快感を引き起こされる。

「やっ、やだもう、れっ、レオンのえっち！」

「……マリアが悪いんだよ」

レオンは低くざらついた声で囁き、後ろから猛った己自身を蜜口にあてがうと、ずぶずぶと侵入した。乳房を下から鷲掴みにし、ゆっくり腰を動かしながら乳首も刺激する。

「ゆっくり気持ちよくしてあげる」

レオンは私の気持ちいいところを探るように、ゆっくりゆっくり責め立てた。明るい室内でベッドのスプリングが揺れ、たまらず嬌声をあげてしまうことがすごく背徳的に感じる。レオンの手が乳房を離れ、下へおりていく。敏感な部分を探り当てられ、指先でなぞられると背中が弓なりになった。

「ああっ、やっ……」

するとレオンが動作を止めた。

「え？」

「まだイっちゃ駄目」

レオンは代わりに背中に吸い付き、痕を付けていく。

「ゆっくりゆっくり、イかせてあげる」

私の余韻がおさまった頃、静かにレオンは腰を動かし、じらすように花芽の周りを指でなぞる。

私がイきそうになると動きをとめ、挿入したまま熱が冷めるのを待つ。

「い、意地悪っ」

「卑猥なお願いをしてくれたら、すぐにでもイかせてあげる」

「やだ」

「強情だなぁ」

それから何度も何度も責められては焦らされるのが続いた。結局はおねだりをさせられ、快感の絶頂に押し上げられて、朝からあられもない喘ぎ声をあげた。

「馬鹿！　人でなし！」

私はご立腹である。こんなに怒っているのに、レオンは幸せそうに笑っている。

ここはレオンの部屋で、レオンのベッドの上で、昨日私が眠り込んだ後、深夜のうちに私を運んでくれたらしい。そしてさっき、目覚めたらいきなりこれである。この際、私も気持ち良かったことは棚に上げておく。

「ちょっともう聞いてるの！」

「聞いてる聞いてる。マリアは怒っても可愛い」

そう言ってだらしのない顔をして頭を撫でてくるので、怒りをどこにやればいいのか。

「こ、これからのこと、なんだけど」

「んー？　マリアが僕のお嫁さんになるって話？」

いつそんな話をした。

「誰もそんなこと言ってな、え？」

「一生離さないって言ったよね。マリア、僕のこと好きだって、言ったよね」

目が笑ってなかった。

「いや、だって、公爵家のこととか、あるじゃない……ですか」

「そんなの関係ないよ。僕はヴィクターが継げばいいと思ってるし。実は王立騎士団から誘われてるんだ」

「王立騎士団？　すごいじゃないですか！」

「うん。だから公爵家を出奔《しゅっぽん》しても食うには困らないから安心してよ」

「わー、話が大きくなった」

「……これからの話を、そろそろ父上達にしようと思ってたんだ。その時は、マリアも一緒だからね」

レオンが決意を込めた表情で言うので、私も改まって向き直った。裸に毛布を巻き付けた状態だが、ベッドの上で正座する。

「頑張って下さい、レオン様」

「僕は結局、マリアがいてくれたら大丈夫なんだよ」

安心した笑みを浮かべ、レオンが唇を近づけてきた時――ドンドンと扉がノックされた。

「レオン様ー、いますー？　昨日の夕方からマリアちゃんがいないみたいなんですけど、探してるんですけど、レオン様、何かご存知ではありませんかー？」

アンさんの声だ。やばい。

レオンは人差し指を口に当てて、静かに、というポーズをした。アンさんはガタガタと扉を開けようとしている。

「……鍵かけてるのね。わたくしアン、侍女のカンにおきまして、非常に怪しいと思いました。事態は急を要します、ここに、スペアキーを使わせて頂きます！」

レオンが青ざめた。私も青ざめた。

「嘘だろう、いつの間に」

私達が隠れる間もなくアンさんの手によって扉が開かれた。太陽の光が差し込むベッドの上で、裸に毛布を巻き付けてくるまっている私、全裸のレオン。どう見ても事後である。

「キャ——————————!!」

しんだ。

第十二章　周知の事実

アンさんの雄叫びが屋敷中に轟《とどろ》いたと思うのは私の妄想だろうか。でもそれぐらいの威力があった。続いてミランダさんが駆け込んで来て、状況を察した彼女はとりあえず扉を閉めて鍵をかけた。

「一つ聞くわ。合意の上？」

「勿論」

キリッとした顔で答えるレオン。きみ、シーツで下半身を隠してるだけの半裸だからね。

「なら、まあ……こうなった以上、仕方ない」

ミランダさんはしぶしぶ納得したようだが、アンさんは衝撃からまだ目が覚めないようで、口をわなわなさせている。

合意の上、なんだけどさぁ。なんだか釈然としない。……強引だったよね、最初合意とか関係なく、しようとしてたよね!?　キッと涙目でレオンを睨みつけたが、どこ吹く風だ。むしろ嬉しそうにされた。


「ま、マリアちゃぁぁぁん……」

「あ、アンさん……」

「まあまあアン、落ち着いて。マリアちゃんはとりあえず、お風呂入ろうか。横の浴室を使いますよ、レオン様」

羞恥で涙が滲むのをこらえて、毛布を巻き付けたままベッドを下りた。歩き出そうとすると、へなへなと膝から崩れる。

「あっ、あれ？」

普段使わない筋肉を酷使されたのか、うまく力が入らなかった。そして、脚の間からさっきレオンが注ぎ込んだものが――白濁したアレの残りが――とろとろ流れ出てくる感覚がする。顔がボッと赤くなった。


この時、私には見えていなかったが、首筋や背中、ちらちら見える胸元に、無数の赤い痕が残されていたという。私が床にへたりこんで赤面する様子と、体に残る痕を見てとったミランダさんが、つかつかとベッドに近づき、半裸のレオンにクッションを投げつけた。

「アンはマリアを頼むわ。服も持って来てあげて。――私は今から教育的指導を行う」

あのレオンが少したじろいでいた。


「いつかこういう日がくるんじゃないかって、私達は思ってたよ」

「本当ですか？　い、いつからですか？」

「だいーぶ前ね。マリアちゃんが屋敷に来た当初よ、当初」

「……えっ？」

アンさんとミランダさんの話は寝耳に水だった。

お風呂で体をきれいにし、いくらでも出てくる白濁液に困惑し、鏡に映る無数の赤い痕にドン引きし、持って来てくれた服を着て、西棟のアンさんの部屋に行った。そこで二人に「本当に合意だったのか」と真剣に聞かれ、「最終的には合意」だと伝えると、二人とも難しい顔をした。ミランダさんは「レオン様にはちゃんと言っておいたから。旦那様に話すまでは、もう大丈夫よ」と請け負ってくれた。何が大丈夫なのかは聞かないでおく。

「正直ね、ここまで気付かなかったマリアちゃんが、すごかったから」

「私ら従業員、全員分かってたと思うわー。レオン様の気持ち」

「……全員？」

二人は深く頷いた。

「マリアちゃんも好きなら、本当に良かったよ。おめでとう」

「うん、安心した」

（だってどっちにしろ逃げられなさそうだったからね！）

（むしろ好きになってて、良かったわー！）

そんな二人の心のうちを知らない私は、「ありがとうございます」と微笑んだ。

「あっち方面のことならアンに相談しなよ。ダンと付き合ってるから」

「あ、やっぱりですか」

「やっぱりってどういうことマリアちゃん」

「ダンも相当体力あるんじゃないー？　そこんとこどうなのよ」

「いっ、言う訳ないでしょ」

「あっ、否定しないんだー♪」

アンさんは真っ赤になってミランダさんを睨みつけている。私は最近気になっていたことを聞いてみた。

「み、ミランダさんはどうなのですか？」

「秘密」

にっこり笑って躱《かわ》すミランダさんに、アンさんが「ずるい！」と吠えた。

よし、今度師匠を問い詰めよう。


翌日からはいつも通り学院へ行った。昼休みも変わらず屋内庭園で食べる。レオンとの距離は以前と同じようにしようと心がけた。筈なのに。

「ねぇマリア、レオン様と何かありました？」

ジェーンには何故かバレた。横でエドも頷いている。

「なっ、なんで分かるの？」

「いや、だって……」「なぁ……」と二人が顔を合わせる。

「マリアは変わりませんけど、レオン様を見てたら、すぐに分かりました」

「デッレデレの顔してたもんなぁ。俺、あんな顔見たことないぜ」

二人に指摘されて赤面した。私はあまり見ないようにしてたから分からなかったけど、レオンそんな顔してたんだ……。二人が私の返答を待っているので、おずおずと答える。

「……両想いだったの」

「どうりで」

「えっ、マリアも好きだったのか？」

何だろうこの二人の反応、思ってたのと違う。もっとびっくりされるのかと思ってた。

「あの、二人とも？　レオン様が私のこと好きだったんだけど、驚かない？」

「すぐ分かりましたよ。すぐ」

「むしろ先輩分かりやすいほど表に出してたよな。俺なんて何度睨まれたか。マリアは別にそういう好きじゃないんだと思ってたけど、……そうじゃなかったんだな。しかし、あれに気付かないとかどんだけ鈍いんだ？」

「ええー……」

呆れられた。


「おめでとうレオン」

「何？」

「ようやく付き合ったんだろ、マリアさんと。態度で分かりやす過ぎ」

「付き合ってるかは分からないけど、マリアは一生僕のものだよ」

「お前がそういうのサラっと言うと、本当怖いな」

「あー、可愛かったなー。しばらくお預けとか勘弁して欲しい。ミランダ怖かったー」

「何がお預けかは聞かないでおく」


「と、言うことで。お疲れ様です、エド」

「なんだよ急に」

「いや、俺ら二人には分かってたからね？　マリアのこと好きだったんだろ」

「キットも私も早々に気付いてましたからね……ただ、相手が強敵過ぎて、静観させてもらいました」

「別に、好きとか。ちょっと気になってた、くらいで。友達だし」

「あーうん、友達な。今日は何か奢ってやるよ。それに、マリア達だって何が起こるか分からないしな？」

「こうなった以上、レオン先輩がマリアを手放すと思うか？　あの人多分、監禁してでも手放さないタイプだろ」

「否定出来ないのが怖いところですね……」

「マリア、明日両親が帰ってくるから、言おうと思うんだ」

「はい」

「後継ぎのことと、マリアのこと」

私のことも？

「でないとずっとお預けだからね」

そう言って清々しい笑みを浮かべるレオンを見て、何故か背筋がゾワワとした。


翌日、お二人が領地からお帰りになられると、レオンは私を連れて執務室へと向かった。ちょうどお二人ともいらっしゃり、レオンは「大事な話があります」と切り出した。お二人とも突然のことで目をぱちくりされていた。何故私もいるのだろう、とも思っているに違いない。

「うん、どうしたの？」

「単刀直入に言います。僕は、父上の子どもではないのですか？」

「……突然どうしたの」

「幼い頃聞いてしまったんです。父上達の結婚と、僕の出生が、どう計算しても合わないと。外見の特徴も、どちらにも似ていませんし、不穏な噂も……。もし僕がマグノリアの血をひいていないのなら、ヴィクターが家督を継ぐべきです。幸い、王立騎士団からお誘いも貰いました」

ブラッド様とレオノア様は顔を見合わせた。

「……ずっとそんなこと思ってたの？」

「小さい頃から？」

「はい。何か事情があったのだと思っています。たとえ血のつながりはなくても、父上と母上のことは、尊敬しております」

レオノア様は一息ついて、怒った顔をされた。

「もう！　あなたは正真正銘、私とブラッドの息子ですよ」

「え？　しかし……」

「確かに、日数は全然合いません。でもねぇ……ブラッドが悪いんですよ、あなたから説明して下さい」

「えっと……僕も若かったんだよね。どうしてもレオノアを手に入れたくてさ……」

ははは、と笑って先を話さないブラッド様に、レオノア様がため息をついた。

「この人は、何を思い詰めたのか知らないけど、私を誘拐して監禁したのよ」

「「はぁ!?」」

私とレオンの声が重なった。

「若気の至りってやつかな、ははは……」

「相手が私じゃなかったら社会的に終わってるわ」

ブラッド様は照れ笑いをしていた。照れるところなのここ。

「……母上は、どうして父上と？」

もっともな意見だが、父親に言う台詞としてなかなか酷い。

「こんな人だけど、私も好きだったのよ。なのに何を勘違いしたのか思い詰めて……それで、あなたが生まれたのですよ、レオン。……まぁ、あの時もあの後も大変でしたけど、この人のせいで」

「あの頃は、毎日毎日レオノアが気絶するまで抱きつぶ……」

メキョッ。

「痛っ！」

言葉の途中で、レオノア様が鋭いヒールで、ブラッド様の甲を踏みつけた。

レオンは予想外の真実に呆然としていた。その横で私は妙に納得した。外見は似ていなくとも、ブラッド様とレオンは性質がそっくりだ。監禁癖がマグノリア家の特性だとは思いたくない。ヴィクター様はそんな子じゃないと信じてる。

痛みから立ち直ったブラッド様が続きを話す。

「ん、まあそんな訳で、これまで通り家督はレオンに継いで貰うつもりだ。きみは自慢の息子だよ。ヴィクターもだけどね」

「はい……」

「王立騎士団に行くのはいいと思うよ。引退をしたとはいえ、まだ父上……お爺様も領地のほうで睨みを効かせているし、外の世界を知るのも大切だしね」

「父上」

「なに？」

「父上が、私の父上で、嬉しく思います」

ブラッド様は笑って、自分よりも背の高い息子の頭をぐりぐりと撫でた。

「こっちはショックだけどね！　ほんとの父親じゃないかもとか思われてたし！」

「……すみません」

「あなたたちはよく似てますよ」

父子の様子を、レオノア様が穏やかに見つめる。ほっとする家族の光景だ。このまま三人にして、私は退散しよう……と足を引いたら、レオンに素早く手を握られた。ん？

「あともう一つあります。マリアを妻にします」

そんなざっくばらんな！　慌てて膝を折ってお辞儀する。

「す、すみません。このような身ですがレオン様をお慕いしています。妻なんて恐れ多いのですが、私は……」

「まあレオン、ようやく想いが通じたの？」

レオノア様の声がかぶさってきた。予想外の反応である。

「えっ!?」

「マリアはこの子でいいの？」

と、ブラッド様。

「いや、あの、その前に、私は公爵家に何の利益ももたらせない……のですが」

「あらまぁ、マグノリア家は政略結婚なんてしなくても十分よぉ。レオンはマリアを妻にするだろうって分かってたし」

その発言にレオンが驚いた。

「い、いつからですか、母上」

レオノア様が意味深に微笑んで「秘密よぉ」と言うと、「多分屋敷中の皆、そう思ってるんじゃないかな」とブラッド様が付け加える。

「そ、そうですか……」

もっとちゃんと反対されるのかと思っていたのに、全然歓迎ムードだった。緊張が一気に解けて脱力する。

「それに何のための淑女レッスンだと思う？　実戦経験こそまだないけれど、マリアはどこのパーティに出ても大丈夫よぉ」

そこまで気を回して下さっていたのか……レオノア様は流石であった。

その後色々聞かれ、お二人の悪ノリで再度レオンは告白もさせられ、体力と気力を消耗した。執務室を出て行く時、レオノア様が私とレオンを呼び止めた。

「レオン、マリアが卒業するまでは、ちゃんと避妊しなさいね」

レオンがぐっと詰まり、私はまた赤面する羽目になった。

第十三章　そして豊穣祭

「おめでとう。未来の公爵夫人様」

「……全然驚かないんですね」

「いや、ま、正直バレバレだったと思う。俺らみーんな知ってた。知らないのお前だけ。馬鹿なのかなって思ってた」

「師匠はザクザク言ってきますね。日頃の仕返しですか？」

「そりゃお前の師匠だから……お前、内心俺をおちょくってたの白状したな」

心外な。応援していただけですよ、ヘタレなゴードンさんを。

公爵ご夫妻に告白してから初めての休日。いつも通りゴードンさんに稽古を付けてもらっていた。稽古はいい運動になるし楽しく、何だかんだとゴードンさんと話すのは面白いのだ。そして顔を合わせた開口一番がこれ。屋敷の皆はすでに知っているだろうと思ってはいたけれど……。

「そ、そんなに分かりやすかったですか」

「だってあれ子どものする目じゃないだろ。俺なら逃げてたね」

子どもというのは一体いつのことを言っているのだろう……。

「お前はここに来た環境がアレだし、洗脳されたのかな……」

「ちっ、違います！　私は、ちゃんと……」

口ごもり、目を伏せた私を見てゴードンさんが微笑んだのが分かった。頭に大きな手が降ってくる。

「マリアがそうならいいんだ。幸せなら。ちょーっと狂気的なところを除けば良い当主でいい男だよ、レオン様は」

「ちょーっと狂気的……」

否定出来ない。

「ところで師匠。ミランダさんと進展あったんですか？　あったんですよね？　最近ちょっと幸せそうというか余裕ありそうですもんね」

「おおぅ……ついにきたか」

ゴードンさんは照れながら経緯を喋った。約一年前の冬の祝福日にミランダさんを誘い、告白したものの返事は保留にされ、友達以上恋人未満な関係が続いたらしい。ミランダさんらしくて笑いが出る。デートに誘えば応じてくれるので、きっとチャンスはあると思ったゴードンさんは頑張った。ミランダさんは楽しんでいたんだろうなと推測する。そしてこの前の夏、ミランダさんの誕生日にゴードンさんはもう一度告白。「もう付き合ってるようなものよね？」と受け入れてもらえ、正式に恋人になったようだ。

「マリアちゃん、俺、幸せ……」

「良かったですねぇ。おめでとうございます。プロポーズはしないんですか？」

「いくらなんでも早くねぇ!?　今すげぇ楽しいのに、引かれたくないんだけど」

「次の祝福日くらいに、です。結婚の意思があるなら伝えたほうがいい気はします。長年一緒に働いてきたのですから、お互いのことは結構分かってるじゃないですか」

「んー……そうだな、考えとくわ。なんかさー、思えばこの件の相談相手はずっと、一回り年下のお前だったんだよな……」

「今さらですよ師匠」


夏野菜の収穫も終わり、秋冬野菜の種や苗を植えていく。今日はカブの筋蒔きをする。

「なぁマリア……大丈夫か」

「はい、なんですかダンさん。カブは前も作りましたし大丈夫ですよー」

「カブじゃなくて、その、レオン様のほう」

「うぇ、あ、はい、その……」

ダンさんが作ってくれたログハウスでの惨事を思い出す。本当に何てことをしてしまったのだろう、いや、何てことをしてくれたのだ……。あの後なるべく早くログハウスに掃除をしに行った。どうやらレオンはだいたいの片づけをしてくれていたようで、人に見られるとマズいような状態ではなかった。ただ気持ちは別である。床や机を念入りに拭き、シーツや毛布はこっそり洗った。思い出すと本当に恥ずかしい。

「マリア？」

「レオン様のほうは、大丈夫です……よ。大事にしてもらっています」

「大事にされてるのは見てりゃ分かる。ただ、無理してないか？　嫌なことはハッキリ嫌って言うんだぞ。俺達はマリアの味方だからな」

「はい……ありがとう、ダンさん」

ハッキリ嫌だと言ったところで聞いてくれない気がする。むしろ流されてしまいそうな予感さえする。

しかしそれではいけないと思うまで、時間はかからなかった。


高等学院の図書館は何度来ても見事だと思う。試験前でもない館内に人影はまばらだった。歴史を感じさせる木の床をコツコツと歩く。今日の目的はこの国の御伽噺《おとぎばなし》。そういった物語の類いは最上階である四階の奥の棚にある。これがなかなか遠い。窓の傍に設けられた、四階の閲覧スペースには、片手で数えられるくらいの生徒しかいなかった。その中に銀灰色の髪を持つ、ひと際麗しい人がいた。

「あ、レオン様」

数冊の本を机に置き、レポートを書いているようだった。私の声に反応したレオンは顔を上げ、口の両端を持ち上げた。荷物はそのままに、立ち上がってこちらへ寄って来る。

「こんなとこで会うなんて奇遇だね。マリアはどうしたの？」

「古い御伽噺を読んでみようかと……」

近くにいた他の生徒が驚いている。図書館なので何も言わないが、生徒会長と一体どういう関係なのだと目が言っている。そんな視線をちらちら受けながら、レオンは気にしない様子で私の背に手を当てた。

「じゃあ僕も行こうかな」

やんわり背中を押された。歩けということだろう。レポートはいいのですか、レオン。

目当ての本がある場所は閲覧スペースよりもっと奥、日が入らないので他より暗い。伝承に関するレポートが出ない限り、頻繁に利用されるところではないので、他に生徒はいなかった。幾つもの本棚の向こうにあるここは、死角にもなっており――

「んむぅ」

レオンに引き寄せられ、両手で顔を固定されると、いきなり深く口付けられた。後ろに倒れそうになる頭はがっちり固定され、レオンのいいようにされる。色気たっぷりの吐息をついて角度を変え、ぬるりと舌が差し込まれた。

こ、ここ学校なんですけど……！

抗議を込めてレオンの胸を拳で叩くが、全く動じない。あんまり暴れて誰かに見つかるのは絶対に嫌だ。

レオンは私に構うことなく、やりたいように貪ってくる。次第に荒々しくなっていく息に、私はドキドキした。

聞こえる！　この静かな図書館だと、こんなエロい吐息聞こえてしまう！

なのにレオンはわざとやっているのか、時折いやらしい音を——例えば零れそうな私の唾液を吸い上げるのとか——を立てる。

馬鹿なのかな？　ねぇ馬鹿なのかなこの人は！

レオンの手が私の腹部にのびた。ベストをめくり、器用にブラウスの裾を引っ張り出すと、素肌に手を忍ばせてきた。

ぞっとした。

私は思い切りレオンのつま先を踏んづけた。レオノア様のようにヒールでないとそこまで効果はないだろうが、レオンが怯んだ隙に両腕を伸ばして接近を防ぐ。

「せ・つ・ど！　ここ学校ですよ、何考えてるんですか！」

あくまで小声で窘《たしな》める。レオンは悪びれず、私の突き出した腕を取るとその掌にキスをした。いちいち色気がすごい。

「駄目？」

「駄目に決まってます！」

「生徒会室ならいい？　鍵かけれるし、きれいだよ」

「駄・目・で・す！」

これは流されてはいけない、ハッキリと嫌と言わなければ恐ろしいことになる——。

「それに、学校で、こ、こんなことしなくってても屋敷に帰ってからでいいじゃないです……か……」

そう言ってしまってから後悔した。レオンがものすごく良い笑顔を浮かべていたからだ。むしろこれを言わせるためにしたんじゃないでしょうね？

「そうだね、僕らの愛の巣に帰ればいくらでも時間はあるもんね」

いつから愛の巣になった。

その日〝愛の巣〟に帰ったレオンは、私を自室に連行した。こうなるだろうとは薄々思っていたけど、いやもうほんと、明日も学校があるのに絶対これ腰が痛くなる……。

ハッキリ言っても全然聞いてくれなかったよ、ダンさん。


豊穣祭ではダンスが必須である。必修科目としてダンスの授業はあるが、時間数は少ない。そもそも学院に入る生徒の殆どが基本のダンスをマスターしているため、それぞれで練習して磨きなさいというスタンスだ。

「なんでも出来ちゃうジェーンの、唯一の弱点がダンスとはねー」

「ダンスなんて手を繋いでくるくる回ればいいんですよぉ！　ワルツなんて、庶民には必要ありませんー」

「ルドルフ様と踊るんじゃないの？」

その名前を出すとジェーンはボッと顔を赤くした。可愛い。

夏季休暇、街でルドルフ様に助けられ、恋に落ちたジェーン。予想通り、あれから何度も彼と出くわし、豊穣祭のパートナーに申し込まれるまでに至る――。

出会った翌日、ジェーンのお家のパン屋に偶然彼がやって来たらしい。評判のパン屋さんに来てみたら、昨日助けた子が偶然店にいた――と言うが、それ絶対偶然じゃなくてジェーンに会いに来たんだと思うんだけど。ジェーンが助けてもらったお礼に沢山のパンを彼に渡すと、貰うだけなんて申し訳ない、それに評判通りとても美味しい――と翌日も来たという。実直に率直にジェーンに近づいていったルドルフ様、喫茶店デートにも誘い、少しずつ親交を深めた彼は、「豊穣祭のダンスパートナーになってくれないか」とジェーンに申し込んだ。

流石、ヒロインは違う。

そのヒロインは喜びも束の間、現在四苦八苦している。

「こんな調子じゃ、ルドルフ様に幻滅されてしまいます～」

「多少足を踏んだって、あの人だったら大丈夫だろ、体の頑丈さ的に」

「キット、それフォローになってない」

キットはジェーンに数回足を踏まれて休憩中だ。今ジェーンのお相手を務めているのはエド、すでに二回踏まれている。私達三人でジェーンのダンス特訓をしているのだが、思った以上に難しいことになっていた。

「何が駄目なんだろうな。体育も音楽も得意なのに」

「私もそれが不思議でならない」

キットと私は頭を悩ませる。

「……体に叩き込むしかないと思う」

三回目に足を踏まれて動きを止めたエドが言う。ジェーンがまた青ざめながら謝っていた。

「そんな感じで、ジェーンにも苦手なものがあったみたい」

「ルドルフもダンスが上手い訳じゃないと思うから、気にしなくていいと思うよ。頑丈だし、思いっきり踏んづけても骨折はしないだろ」

「こ、骨折……」

「そうなったらなったでジェーンちゃんに看病してもらえて嬉しいんじゃないか、あいつ」

「そういうものですか」

「僕も、マリアが一日中付きっ切りで言うこと聞いてくれるんなら骨折したい」

レオンはにこにこ笑って私のこめかみにキスしてきた。ソファで隣に座る私を引き寄せる様に、腕を伸ばして抱きしめてくる。私はそのまま体重をあずけ、頭を撫でるレオンの指を気持ちよく感じていた。

「私、普段からレオンの言うこと結構聞いてると思うんですけど……むしろ聞かされている気がするんですけど」

「え？　まだまだ、もっと、マリアにやらせたいことも、やってもらいたいことも沢山……」

艶っぽい声を出したレオンは、抱きしめた私を背後に押し倒した。私の両脚を軽く持ち上げてソファの上に放り投げると、その上に跨って私が羽織っていたガウンの釦を外し、前をはだけさせた。

夜、就寝前ということもあってその下は白い木綿ワンピースのネグリジェしか着ていない。肌触りが良いそれは、中央ラインに釦が並んでいてシャツワンピースのようになっている。

夜とはいえ満月のサンルームは青白く発光しており、闇に慣れた日では私がコルセット等を着用していないことは分かってしまうだろう。レオンは私の胸の膨らみを、ネグリジェの上から円を描くようにさすった。

「ねぇ、こんな服着て誘ってんの？」

「なんでいつもレオンはそういうことばっか言っ……」

言葉の途中で口を塞がれる。優しく独占欲溢れるキスに、結局は応えてしまう。薄目を開けると、レオンは目を閉じて気持ち良さそうにしていた。それを見ていたくて目を開けていたら、ふいに紫の瞳とぶつかった。色気を湛《たた》えた瞳にドキッとし、レオンの口付けも激しくなる。目をぎゅっと閉じてなんとかその激しさについていく。ふふ、とレオンが笑うのが分かった。

唇を離したレオンは、私のネグリジェの釦をぷちぷち外していった。

「え、ちょっと何するの？　駄目だよ、ここサンルームだよ!?」

「じゃあ、舐めるだけ」

「舐めるのも駄目だから。それに誰か通りかかったらどうするの！」

「マリアが静かにしていれば分かんないんじゃない？」

釦をへその辺りまで外し、布地を左右に広げた。白くぷるんとした膨らみが月光に照らされる。

「キスだけでここも興奮してるんだし」

「違う、寒いから、寒いからだから！」

ピンと尖ってしまっている乳首をレオンが指で挟み、くりくりと弄る。思わず息をのみ、甘い声を出すまいと口を閉じる。レオンが身を屈めてそれに吸い付くと、腰がびくっと震えた。やわやわと手で揉まれながら、舌で何度も舐め上げられる刺激に耐える。

「……はぁ、……やっ」

「声を出したらバレるんじゃなかったの？」

「れ、レオンはいつもこういうことしか考えてないの？」

「いかにマリアを恥ずかしがらせて気持ちよくさせるか、僕なしじゃいられない体にするかならよく考えてる」

「ば、馬鹿じゃない？」

レオンの手が太腿に伸びた。洒落にならない。

「ちょっと、ほんと待って、駄目だよ、絶対駄目だよ」

「駄目って言いながら感じちゃってるマリアもいいなぁ……」

あ、駄目だこの人。

するすると太腿を上がってくる手にどうしようかと思った時、廊下から足音が聞こえた。すぐ近く、サンルームの前に止まったようで――

「誰かまだ――、あ」

「あ」

静かにサンルームの扉が開き、すぐにガチャリと音がして閉まった。

執事のセドリックさんの声だった。就寝前の見回りだろう。ソファの背もたれに隠れて私の姿は見えなかっただろうが、私に跨っているレオンははっきり見えたはずだ。そして何が行われているか瞬時に悟り、退散した。

私に向き直ったレオンが言う。

「多分もう邪魔者は来ないと思うから、続き、しよっか」

サンルームならばレオンもこういうことはしないだろうと思っていた私が浅はかだった。明日からセドリックさんにどんな顔をして会えばいいのか。

私は涙目でレオンを睨み、全力でその顎に掌底を打ちこんだのだった。

いよいよ豊穣祭。今からメインイベントのダンスパーティーが始まる。

ダンスの授業の成果をお披露目するものでもあり、そのあとは無礼講とも言えるお楽しみイベント。校内での交際状況が一目瞭然になるこの日は、朝から浮足立った空気でいっぱいだった。心配だったジェーンのワルツも、ここ毎日の放課後特訓——主にエドとキットの踏まれた足——のおかげで何とか様になった。

生徒は全員、学院指定の正装でドレスアップしている。男子は白いシャツに黒いネクタイ、黒のズボンとジャケット。女子は肩紐が太めの袖のない黒いワンピースで、裾はフレアーになっている。

私とジェーンはお互いの髪を結い合い、三つ編みを駆使したシニヨンにまとめ上げた。私はそこに、以前レオンに貰った雪の結晶の髪飾りを付けた。季節には少し早いが、金銀の色合いは黒い服に合う。

「一曲目が終わったら、レオン様と踊るんですか？」

「なんだか最近忙しそうで、そういう話してないんだよね」

レオンは生徒会による豊穣祭の準備で忙しいようで帰宅が遅い。屋敷に戻ってからも、ブラッド様がこちらに滞在されているうちにと家督を継ぐための勉強をしている。だいたい二人きりでいる時は、すぐにそれどころじゃなくなるのだ——。

「あらぁマリア、顔が赤いですよ？　話をせずに何をしてるんです？　レオン様と」

ジェーンがニタニタと笑う。例えばサンルームでのあれこれとか、何を思い出したかなんて言える訳もない。

「ジェーンだって、すぐに人のこと言えなくなるんだからね！」

「あら、それはどうでしょう。でも、レオン様よく許してくれましたね、一曲目が自分じゃないこと」

「あー……」

「その様子だとモメました？」

モメた。モメたというか、そのせいで、あんな恥ずかしいお仕置きとかされた。後日改めて、エドとのパートナー申請を取り消して欲しいとも言われたけれど、そもそもお仕置きでチャラになった筈である。なのに言うこと聞くのは、なんとなく嫌だった。

「一度申請したものを取り消すなんて面倒だし、第一エドに悪いもん」

お仕置きしましたよね、と言ってもレオンは渋った。だから私は言ったのだ。これ以上言うのなら、アンさんとミランダさんに、監禁から始まったあの日のことを詳しくバラすと……。「ミ、ミランダに……」と呟いたレオンは諦めた。かなり説教されたのかもしれない。

「マリアらしいですね。何か交換条件もあったんでしょう？」

「……よく分かったね」

豊穣祭用の装飾が施された講堂に、オーケストラによるワルツが流れ始める。先程まで代表挨拶をしていたレオンは副会長ローズ様と手をとり、それを合図に他の生徒も各自パートナーと手を取り合う。

「ではマリア様、一曲お相手願えますか？」

やけに芝居じみた仕草でエドが私に手を差し出した。私も負けじと、どこぞの淑女のようにその手を取った。

「はいエド様、喜んでお相手致しますわ」

二人で笑いあい、親密と言うよりは遊んでいるような跳ね回るワルツを踊った。すぐ近くにジェーンとルドルフ様のペアも見え、二人ともお互いをうっとり見つめながら踊っていた。二人の世界というやつだ。はたから見たら恋人同士にしか見えなかった。

一曲目が終わり、生徒全員が拍手をして強制行事は終わる——二曲目からは自由行動だ。踊ってもよし、軽食をつまみに行ってよし、帰宅してもよし。

「マリアはどうする？　もう一曲踊る？」

「エドがよければもう一曲踊ろうか」

そんな会話をしていると、後ろから両肩を摑まれ、後方に引き寄せられる。ふわりとレオンの匂いがした。

「ごめんね。ここからは僕が貰うよ」

「先輩……もう来たんスか。早くないですか」

エドが唖然として、私を抱き寄せているレオンを見た。赤くなっているであろう私の顔を見て、しょうがないなという顔をする。少し寂しそうだったけれど気のせいかな。

「んじゃーお邪魔虫は退散します。マリア、また踊ろうなー」

「うんー！」

そう答えると、摑まれた肩に力が入った。いけなかっただろうか。

「レオン様、生徒会の仕事はいいんですか？」

「もう今日はいいんだ。マリアと踊るために、今日まで沢山仕事したしね。あとはみんなに任せるよ」

いいのかなぁそれ……。でもレオンと踊るのは純粋に嬉しいので、誘いにのることにした。注目を浴びるのは必至だろうが、これからレオンの隣を歩くと決めたなら、避けられないことだ。

レオンは私と手を繋ぎ、ダンスフロアの中心に足を運んだ。そして、片膝をついて跪き、私に片手を差し出した。まるで、美しい王子が姫に求愛している絵本のような光景に、周囲が驚いて動きを止める。

「マリア、僕と踊ってくれますか」

注目されているのを肌で感じながら、私はレオンだけを見つめて微笑んだ。差し出された手を両手で包む。

「はい、私で良ければ、喜んで」


ジェーンの見つめる先では一組の男女がぴったりと息を合わせて踊っていた。テンポが速く高度なステップと回転が多用されているため、難曲とされているワルツで、踊っているカップルは少なめだ。その中でも群を抜いて華麗に、美しく、幸せそうに踊っている二人。この難曲をさも余裕そうに、お喋りしながら笑い合って踊っている。二人の距離間は近く、普通なら足を踏んでもおかしくないが、二人は足元をチラリとも見ず滑らかに足を運んでいる。お手本にも出来ない。

今会場にいる半分以上の生徒はそのカップルのダンスを眺めていたが、本人達にはきっとお互いしか見えていないのだろう。

「あんなダンスを踊られたら……皆も納得するしかないでしょうね。これで公認の仲ですねぇ」

ジェーンは片手に飲み物を持って感想を言う。こんな難曲はまだ踊れないため、休憩中だった。ファーストダンスを踊った相手は束の間席を外している。

「二人とも上手いなー。それにマリアって結構胸でか……スタイルもいいよな、やっぱりレオン先輩羨《うらや》ましい……」

エドはチキンナゲットを口に放りながら、マリアの体の曲線に目をやる。

「生徒会長の前では絶対言うなよ」

キットは友人の発言にヒヤヒヤしていた。

紫水晶の瞳を細め、腕の中にいる恋人を愛おしげに見つめるレオンと、それを幸せそうに見つめ返す可憐な黒髪の乙女のマリア。美男美女が踊っている光景を、周りの生徒達は呆けたように見ていた。

エピローグ　二人の後夜祭

「レオン様、楽しかったですね」

「そうだね」

程よいところでダンスパーティーを抜け、連れ立って屋敷へ帰った。部屋でまず着替えようとしたところ、手を引かれてレオンの部屋へと入る。

「何かありましたか？」

「そうだね……このドレス、腕も出てるし、胸元も結構あいてるよね」

にこり、と笑ったレオンを見て、身震いがした。じり、と後ろに下がると、距離を詰められて抱きしめるように拘束された。

あ、これ駄目なやつだ。

レオンは私を軽々抱き上げてベッドへ降ろし、上から覆いかぶさってキスを始めた。何度も何度も啄んで、わざと音を立てるように舌を絡ませる。

「僕以外の男と踊ったし、素肌をさらしたからね。全身を消毒しないと」

僕以外の男ってエドだけですけど。

レオンの息はすでに荒かった。私の身を引っ張って起こし、首筋や肩を舐めて吸いながら、背中にあるワンピースのくるみ釦を外していく。

「しょ、消毒って」

「早くこうしたくてたまらなかった」

ドレスの上部を下ろし、コルセットの紐を手早く緩めて下に下げる。レオンはこういった作業が鮮やかだ……。隠れていた乳房が露になり、ずらされたコルセットに持ちあげられて、まるで舐めてと言わんばかりにレオンの方を向く。

「えろいなぁ。ああ、無理に動くとドレスが破れちゃうよ」

誰がそうしたと思ってるの。

これじゃあ脱いだほうがマシだと動こうとしたが、ドレスの肩紐が腕にかかって思うようにならない。

「ぬ、脱がせて」

「まだ駄目」

レオンは乳房をやおら揉み出して、真っ赤になっている私の反応を楽しんでいた。すでに体は熱く火照っていて、脚の間の方も脈打っているのを感じる。レオンがピンク色に尖ったところを摘んで引っ張った。

「んんっ」

身を捩って体勢が崩れてしまい、背中からベッドに倒れ込む。レオンはくすくす笑いながら、覆いかぶさってその先端を口に含んだ。もう片方の乳房も鷲掴みにして、指と指の間で乳首を刺激する。

「ここ、弱いね」

巧みな舌使いで周りをじらされて、尖っている部分を高速でねぶり弾かれた。

「やぁ、んっ」

快感に身を捩り、背が弓ぞりになって、さらに乳房をレオンへ押し付ける。

おかしい、なんだか、もう……。

「マリアは服を着たままが好きなの？」

「ち、違っ」

「こっちはどうなってるのかな」

スカートをたくし上げられ、太腿に手が這わされた。撫でるように掌が滑り、私は触れられることを待つように、脚の間の部分が熱くなっているのを感じた。レオンがとうとう薄いショーツの上から割れ目をなぞった時はため息がもれた。

「マリア、分かる？　びしょびしょだよ」

自分でも分かっていたので、顔をそむけて知らないふりをした。

レオンが私の脚を持ちあげてショーツを脱がそうとしたので、素直にそれに従った。そのまま膝折って、大胆に開脚させられ、恥ずかしいそこが丸見えになる。レオンの目の色が変わった。私のそこを観察しながら舌なめずりするのを見て、鼓動が激しくなり、きゅんとそこがひくついた。

「見られてるだけで興奮するの？　やらしい……」

「そ、そんな目で見るレオンが悪い」

「だって可愛いから。ああ、マリアのが溢れてきてるよ」

蜜が溢れ出しているそこを、私が見えるように指ですくった。透明な糸が引いている。

「やっ……お願い、服を脱がせて。ドレスが汚れちゃう……」

「こんなになってるもんね」

レオンは蜜口に指を入れてぐちゅぐちゅとかき回した。その指に、私のそこははしたなく絡みつく。ちゅぽんと指を引き抜いたレオンは、素早くズボンを脱ぎ捨ててシャツ一枚の姿になった。猛々しく反り立ったものが現れる。そして、私の脚の下に座り込むと、腰と背中に手を回して身を引き上げた。レオンの膝の上に、向かい合わせの格好で、跨って座る形になる。私はレオンを少し見下ろしていた。

「これなら汚れないかな」

レオンの熱く張れた肉棒が、お腹の下の方に当たっている。レオンは私のドレスの肩紐を慎重に抜いてくれた。乳房をぐっと摑まれ、揉み解されながら、先っぽをちゅうちゅうと吸われる。身を捩るほどの快感に、たまらずレオンの肩へ手を回す。脚の間から愛液が溢れ、知らずレオンの肉棒に自身の敏感な部分を擦りつけていた。

「淫乱な子になっちゃったね」

腹が立ったので唇に嚙みついてやった。レオンはそれに応じながら、手を下の方へと伸ばす。敏感な花芽をくるくるとなぞられると、入り口がびくびくと震えた。

「うーん、これじゃあ分かりにくいなぁ。よく見せてよ」

どういうこと？　と首を傾げると、レオンは私の腰を掴み、膝立ちにさせた。そしてスカートの前の部分をまくり上げ、下半身を露わにさせる。

「マリアがこれを持ってて」

——まるで私が自分から見せつけているように。

「へ、変態」

「ここで止めてもいいんだよ？」

私のそこは、恥ずかしいことに熱く疼いている。余裕しゃくしゃくの口調で言っているレオンも、顔は切なげで汗をかいているし、反り返ったものもはち切れんばかりで、強がりだと思う。私はレオンに従って、スカートを自分の手でまくり上げた。

レオンは恍惚とした目で私のそこを弄った。指を入れてゆっくりかき混ぜ、花芽を優しく擦る。びくびくと体を震わせ、自然と腰を揺らめかす私を楽しそうに眺めていた。

「もう、入れていい？」

限界に達しそうだった私はこくんと頷き、レオンの誘導に従って、ぱんぱんに猛ったものに少しずつ腰を落としていく。

「……あっ、レオン、お、大きい」

レオンはぐっと喉を詰まらせて、何かを耐えた。

やがて全てをうずめると、ふぅっと大きく息を吐いた。レオンが私のコルセットを全て取り払い、私はレオンのシャツを脱がせた。どちらかともなくキスをして、ぎゅっと抱き合う。得も言われぬ

幸福感に包まれた。ずっとこうしていたい。

お互い繋がった状態を堪能した後、やがてレオンが動き始めた。お互いの粘膜を擦り合わせるようにずぼずぼ上下に突かれる。

「ふっ、やっ、あんっ」

レオンの肩に掴まり、リズムに合わせて私も腰を振っていた。スカートの下から、ぐちゃぐちゃと水音がする。上下に揺さぶられ、乳房がぷるんぷるんと跳ねる様子をレオンが観察している。

「あっ、んっ、もう、駄目」

「つ、いいよ」

「……んんっ、あっ、ああっ、んーっ」

あまりの快感に何かが弾けた。体中が痙攣し、レオンのそれを締め付けるようにきゅうきゅうとひくつく。レオンは私の中から張りつめたものを抜き、私の下腹部に当てて欲望を解き放った。スカートの中で白濁した液体が飛び散る。

「ど、どっちにしろ汚してるじゃないですかぁぁぁぁ！」


「れ、レオンの、馬鹿」

「マリアも好きでしょ？　あんなによがってたくせに」

返事の変わりにギロリと睨んだ。ドレスワンピースは脱いで、今は毛布を体に巻き付けている。レオンに抱き寄せられたが、第二ラウンド開始を回避するためにも身を固くしていた。そんな私を宥める様に、背中を優しくさすられる。

「ごめんって」

「うん……」

二人でベッドに横たわる。レオンが私の頭を撫でながら言った。

「マリアって、もしかして教師になりたいの？」

「どうしたの、突然……」

「正直に教えて」

このタイミングで聞かれることにびっくりした。

「うん、そう思ってた。よく分かったね……」

「なんとなくね」

以前は屋敷で働く以外に身を立てる方法を考えていた。エドの追試対策をした時に、数学を教えるのが存外楽しいものだと気付き、教師になるのもいいなと思った。学院生徒の男女比率はそう変わらないのに女性教員が少ない。女生徒が何かあった時相談しやすいように、もっと増やしたほうがいいとも思うのだ。

けれど、レオンの隣を歩くと決めた時に、その道は諦めたつもりだった。

「いいんじゃない？」

「へ？」

「多分、父上も喜ぶよ。女性の職業の問題に頭を悩ませていたから」

「い、いいの？」

「勿論。僕もしばらくは騎士団に行くしね」

「そ、そうなの……。頑張る」

「やりたいことがあれば、なんでも言ってくれたらいいんだよ？」

そう言って、レオンは私が巻き付けていた毛布を剝ぎ取った。強引にひっくり返して四つん這いにさせられる。すぐさま重心を低くして逃れようとしたが、腰をガッと摑まれて動けない。後ろから、レオンの屹立したものが濡れた蜜口をつんつんと押す。

「したいときはしたいって言って欲しいなぁ」

「したくない！」

猛った肉棒が脚の間を抜けて、敏感な花芽を前後に擦る。悔しいことにその刺激で背中が弓ぞりになってしまう。

「マリアは体で返事をするよね」

「してない！　そして、しないから！　もう今日はしないから！」

「ゆっくりがいい？　激しいのがいい？」

「なんでも言ったらいい、って言いながら、人の話聞いてないよね!?」

レオンは幸せそうに声を上げて笑った。

こんな筈じゃなかった。――私がレオンと結ばれるなんて。

でも、レオンがこんな風に笑ってくれるのなら、多分これで良かったのだ。

あの日、出会って拾われて、今こうしていることが、運命。

「……レオン、好きだよ」

「僕も愛してる」

「今日はもう、これ一回で終わらせてくれると、もっと好き」

「……この一回で終わらなくて良かった、って思わせてあげる」

最近分かったけど、レオンって人の話聞かないよね！


――おしまい。

あとがき

お初にお目にかかります。葛餅と申します。

本作は、第一回ムーンドロップス賞にてパブリッシングリンク賞を頂戴し、投稿時の「こんな筈じゃなかった」から改題・加筆修正したものです。

コンテストを知ったのは、仕事を辞めてぼんやりしていたときでした。果たして応募期限までに間に合うのか――とりあえず書いてみようと思い、自分なりの異世界転生ものを考えるとこのようなお話ができてきました。

当初は、幼少期に前世の記憶を思い出すと、その後の人格はどのようになるのだろう――と、考えながら書いていて、それが裏テーマになるはずでした。それがいつの間にか『マリアちゃん逃げてー！』と思いながら書いていました。彼女には悪いことをしました。レオン様はもうちょっと爽やかカッコイイ感じになるはずだったのです。こんな筈じゃなかった。

気に入っていただけたキャラクターはいましたでしょうか？　作者としては皆可愛いですが、大工さんにもなりそうな庭師のダンが特にお気に入りです。何かと登場させたくなり、何かと登場させました。

私事を少し。コンテストの受賞の知らせを受けたときは、ちょっと信じられなくて、メール画面を見つめながら手が震えました。わあわあと浮かれていると、その後すぐ妊娠が判明。辛かったつわりにマイナートラブル、初めての出産、そして育児がスタートしたところです。受賞～発売の間に色々なことがあったなぁと、人生の転機のように感じています。そういった面でも、思い出深い拙作になりました。


最後になりましたが御礼を。

大変お世話になりました担当様（何から何まで本当にありがとうございました！）、素敵可愛いイラストを描いて下さった壱コトコ様（キャララフをもらったときは、テンションが上がりまくって疲れが吹き飛びました）、審査員の皆様方、本作の出版に関わって下さった皆様方。御礼申し上げます。

そして、お読み下さった貴方様。ありがとうございました。

少しでも楽しんでいただけましたなら幸いです。

またどこかでお会いできることを願って。

葛餅

数学女子が転生したら、次期公爵に愛され過ぎてピンチです！

2017年12月16日　初版第一刷発行

著	葛餅
画	壱コトコ
編集	株式会社パブリッシングリンク
装丁	百足屋ユウコ＋豊田知嘉（ムシカゴグラフィクス）
発行人	後藤明信
発行	株式会社竹書房
	〒102-0072　東京都千代田区飯田橋2-7-3
	電話　03-3264-1576（代表）
	03-3234-6301（編集）
	ホームページ　http://www.takeshobo.co.jp
印刷・製本	中央精版印刷株式会社

ISBN　978-4-8019-1243-4
Printed in Japan

MOON DROPS